최초의 아이

로이스 로리 글·강나은 옮김

The

WINDEBY
PUZZLE

비룡소

최초의 아이

나의 독일 가족
마르그레트, 위르겐, 나디네, 시누헤에게

차례

1부

역사

"잠깐! 엔진 좀 꺼 봐요!"

무거운 기계가 뚝 하고 잠잠해졌다. 기사는 운전석에서 창
밖을 내려다보며 물었다.

"왜요? 무슨 일인데요?"

"방금 파낸 거 말이에요, 다리예요! 다리 한 짝이 나왔다고요!"

"으악, 세상에……."

인부들은 놀라서 아무 말도 하지 못했다. 다들 채탄기 갈고
리에 대롱대롱 매달린 그것을 바라보기만 할 뿐이었다.

누군가가 마침내 한마디를 뱉었다.

"사슴 다리겠지?"

그러나 모두가 알았다. 그것이 동물의 다리가 아니라는 것을. 틀림없이 사람의 다리였다.

1952년 5월, 독일 북부 빈데비라는 지역에서 일어난 일이다. 한 작은 늪에서 현대식 채탄기로 토탄을 캐던 인부들이 이상한 것을 보았다. 처음 본 사람은 커다란 동물 뼈라고 생각했다. 하지만 그것은 동물의 뼈가 아니라 사람의 종아리였다. 이미 캐낸 토탄 속에도 사람의 손발이 하나씩 들어 있다는 사실을 이내 알게 된다. 인부들은 살인 사건의 시신을 파내었다는 생각에 채굴 작업을 완전히 멈추고 경찰을 불렀다.

한 박물관의 큐레이터와 조수들도 서둘러 현장으로 왔다. 늪 표면으로부터 150센티미터 정도 되는 깊이에서 나온 그 발굴물들을 살펴본 뒤 그들은 경찰에게 살인 사건이 아니라고 말했다. 적어도 일반적인 살인 사건일 수는 없다고 했다.

결국 과학자들이 밝혀낸 바에 따르면, 이때 발굴된 신체 일부들은 약 2,000년 전, 그러니까 오늘날 우리가 철기시대라고 부르는 서기 1세기 무렵부터 거기에 있었다. 그것은 '늪지 미라'였다. 즉, 오랜 세월 토탄 늪에 묻혀 있다가 발견된 시신이었다. 이러한 늪지 미라는 지난 두 세기 동안 수백

구 발견되었다. 가장 먼저 발견된 것은 기원전 8,000년경에 죽은 덴마크 남성의 미라로, 인류학자들은 '코엘비에르 남자'라고 칭한다.

토탄이란 별난 물질이다. 산성도가 높아 나무, 풀, 이끼와 같은 식물이 완전히 썩지는 못하는 습지에서 생겨난다. 썩다 만 유기물질인 토탄이 수백 년 동안 쌓여서 진하고 더럽고 축축한 늪이 된다. 인류는 매우 오랫동안 캐고 압축하고 말린 토탄을 연료로 썼다. 일부 지역에서는 지금도 쓴다. 원시시대에는 사람이 직접 삽으로 파내서 말린 다음, 농가 옆에 쌓아 두었다. 물론 언젠가부터는 토탄을 캐고 압축하는 작업을 복잡한 기계가 대신하는 시대가 왔다. 오늘날에는 농원에 가면 비료, 거름 따위와 더불어 토탄 늪에서 수확한 늪 이끼도 파는 것을 볼 수 있다. 정원의 흙을 촉촉하게 지키는 데 도움을 주는 용도로 쓰이기 때문이다.

토탄 늪을 이루는 물질에서는 기체가 생겨나는데, 이 기체는 산소를 만나면 불이 붙는다. 과학자들이 '생체 발광'이라 부르는 불꽃이 밤중에 일렁이는 것도 그 때문이다. 그러다 보니 전설이나 귀신 이야기에도 늪에서 일렁이는 불빛이 지나가는 사람을 부르는 악귀의 손짓으로 그려지곤 한다. 토탄 늪이 으스스한 것도, 때로 위험할 수 있다는 것도 사실이다. 1952년에 토탄을 캐던 독일인들에게 드러났듯 비밀이 숨은 곳이다.

토탄 늪의 높은 산(酸) 함량이 북유럽 기후와 만나, 기묘한 시체 안치 냉장고가 된 셈이다. 늪 속에서 시체는 몹시 느리게 부패한다. 두개골은 두꺼워서 그대로 보존되고, 작은 뼈들은 결국에 분해되지만, 그때도 피부, 털, 손톱은 늪의 화학물질 때문에 썩지 않는다. 수백 년이 지나 발견된 그 시신들은 오그라든 고무 인형을 닮았다고도 묘사된다. 얼굴에는 표정이 살아 있고, 남자들의 턱에는 짧게 깎은 수염이 남아 있다. 손톱이 다듬어진 모양, 머리카락을 정성껏 땋고 손질한 모양이 그대로 남아 있기도 하다.

안타깝게도 대부분의 늪지 미라는 폭력적인 죽임을 당했다. 세게 맞은 두개골, 목에 둘린 올가미, 뾰족한 것에 찔린 자국처럼 심하게 다친 증거들로 알 수 있다. 그러나 정확한 사인은 알 수 없다. 범죄자여서 사형을 당했을까? 아니면 올해에는 더 많은 곡식을 얻게 해 달라는 뜻으로 신에게 바치는 제물이 된 걸까? 서기 1세기의 북유럽에는 기독교가 도달해 있지 않았다. 사람들은 보탄, 도나르, 네르투스, 어머니

지구 같은 토속신을 믿었고, 그 신들을 기쁘게 하는 의식을 치렀으며, 그중에는 사람을 희생하는 일도 있었다.

인류학자의 조사에 따르면 1952년에 빈데비 늪에서 조심스레 꺼낸 시신은 '어렸다'. 그것은 드문 일이었다. 이전까지 발견된 대부분의 늪지 미라는 성인의 시신이었다.

열세 살쯤 되는 청소년 여자아이라는 것이 결론이었다. 하체가 상당 부분 토탄의 무게와 채탄기에 의해 파괴되었지만, 몸집이 작다는 것도 알 수 있었다.

목과 어깨에 작은 동물의 가죽을 두른 것을 빼고는 의복을 걸치지 않은 상태였다. 또한 눈가리개를 하고 있었다. 다시 말해, 갈색과 노란색과 빨간색으로 된 복잡한 무늬를 짜 넣은 직물의 띠가 두 눈을 가리도록 머리에 둘려 있었다.

다치거나 폭력을 당한 흔적은 없었다. 얼굴에 띤 표정은 평화로웠다. 금발이 남아 있었지만 이유를 알 수 없게도 머리의 왼쪽은 머리카락이 완전히 깎여 있었다.

늪지 미라들에는 각기 연구와 보관을 맡은 실험실이나 박물관이 발견 장소를 기반으로 이름을 붙인다. 영국에서 발견되어 린도 남자, 워슬리 남자라고 이름 붙인 늪지 미라들이 있고, 덴마크에서 발견된 톨룬드 남자, 그라우발레 남

15

자, 엘링 여자가 있으며, 아일랜드에서 발견된 갈라 남자, 클로니캐번 남자가 있다. 1900년에 독일 북부에서 발견된 늪지 미라는 다멘도르프 남자라 불리며, 우리가 주목하는 금발의 가냘픈 십 대 여자아이에게는 빈데비 소녀라는 이름이 붙었다.

모두에게 이야기가 있다. 나에게도 있고, 당신에게도 있고, 우리 집에 오는 우편배달부에게도 있다. 노쇠한 이웃 노인에게도 있고, 슈퍼마켓에서 내 뒤에 줄 서 기다리는 여자에게도 있고, 방금 막 자전거를 타고 내 옆을 스쳐 지나간 남자아이에게도 있다.

우리 모두의 이야기에는 시작이 있고 중간이 있고 결국에는 끝이 있다. 그 과정을 거치며 우리는 모험한다. 화날 때와 절망에 빠질 때가 있고, 멍하니 지루할 때와 소리 없는 만족의 순간들이 있고, 또한 기뻐 어쩔 줄 모르는 날들도 있다.

우리는 다양한 위치에서 자신의 이야기를 살아 낸다. 다른 세계를 탐색하기보다는 삶의 시작부터 끝까지 한 지역에 머무르는 이도 있을 것이다. 그런가 하면 제자리에 오래 머물지 못해 늘 떠돌아다니는 이도 있을 것이다.

나는 어떠하냐고? 나는 열대의 섬에서 태어났다. 이후 큰 도시로 이사했고, 다음으로는 작은 마을로 이사했고, 그 뒤로는 다른 나라의 어느 도시로 이사했고, 또 다른 도시, 또 다른 도시, 그리고 또 다른 도시로 이사했다. 형제자매가 있었다. 자라면서 교육을 받았다. 나중에는 결혼했고 네 명의 아이를 낳았다. 다양한 집에서 살아 보았다. 큰 집, 작은 집, 오래된 집, 새집. 개와 고양이를 몇 마리 길렀고 말도 몇 필 키웠으며, 한 번은 (잠깐이지만) 미국너구리도 반려동물로 키웠다. 내가 타는 자전거가 있었고 그다음 자전거도 있었으며…… 나중에는 내가 모는 자동차가 생겼다. 첫 자가용 이후로도 아주 여러 번 차를 바꾸었다. 나는 더 많은 교육을 받기 위해 다시 학업을 이었다. 직업을 선택했다. 내 아이들은 자랐다. 그중 한 명은 죽었다. 나는 사랑을 했고, 사랑을 받았다. 노인이 되었다.

특별히 흥미진진한 사실들은 아니다. 하지만 각각의 사실에 자세한 내용을 더하면, 또 그 자세한 내용이 어떤 의미이고 얼마나 중요한지를 덧붙이면, 이야기는 채워지고 질문이 생겨나고 의미를 띠며, 점점 '나'에 가까워진다.

한편으로 나는 이야기를 하는 사람이다. 닫힌 문을 열어 보고, 구석진 곳을 들여다보고, 사람들을 그들 자신이게끔 하는 모든 이유를 알아내려 애쓰는 사람.

빈데비 소녀에 관해 처음으로 읽었을 때, 호기심에 온통 마음을 사로잡혔다. 금발에 조그마한 몸집을 가졌던, 지금으로 치면 중학생 나이쯤이던 이 사람은 누구였을까? 어릴 적 나와 닮았을 거란 상상도 들었다. 나를 포함한 여자아이들이 키 순서대로 줄을 서야 했던 7학년 체육 시간이 생각났다. 나는 반에서 늘 몸집도 키도 가장 작은 아이였기에 줄 맨 앞으로 터덜터덜 나갔다. 물론 나와 키가 비슷한 아이들도 있었다. 키 작은 우리는 키득거리고 서로를 쿡쿡 찌르며 줄 뒤쪽을 내다보았고, 거기에는 내가 부러워한, 이미 나보다 키가 크고 성숙한 아이들이 하나둘 줄을 섰다. 그 뒤로 나는 키가 더 컸고, 열다섯 살 무렵에는 완전히 자라 자신감도 생겼다.

하지만 빈데비 소녀에게는 그런 기회가 오지 않았다. 왜 그랬을까? 무슨 일이 생긴 걸까?

나는 직소 퍼즐이 떠올랐다. 퍼즐 맞추기를 할 때는 모양과 색에서 실마리를 찾아 퍼즐 조각 하나하나를 살피고, 조각들을 맞추어 갈수록 그림 전체가 드러난다. 나는 이 여자아이의 퍼즐을 맞추고 싶었다. 이 아이의 이야기를 알고 싶었다.

이야기의 일부는 과학이 이미 말해 주었다. 방사성탄소
연대측정법이란 탄소의 방사성동위원소인 탄소-14의 함유
량을 바탕으로 유기물질이 오래된 정도를 알아내는 화학 분
석 기술이다. 빈데비 소녀가 발굴되기 불과 여섯 해 전인
1946년에 개발되었다. (윌러드 리비 박사는 이 업적에 공헌하
여 노벨 화학상을 받았다.) 그 기술을 통해 밝혀진바, 빈데비
소녀는 서기 1세기에 살았다. 사람들이 철을 이용해 칼, 톱,
낫, 망치, 농기구를 만들기 시작한 철기시대였다. 이 시대의
게르만 부족들은 어떠한 글자나 기록도 남기지 않았다. 그러
니 그들의 삶을 이해하려면 다른 자료에서 실마리를 찾아야
한다. 그런 자료마저 바닥나면, 그때부터는 추측할 수밖에
없다.

나는 이미 주어진 역사적 사실에서부터 탐색을 시작했다.
고고학자들이 발굴한 그 시대 가옥과 마을의 사진과 그림을
들여다보며 아이의 삶을 그려 보다가…… 잠깐, 이 아이의
일상을 상상하기 전에…….

이 아이에게는 이름이 있어야 했다. 나는 게르만 여성들
이 실제로 썼던 수많은 이름 가운데 하나를 골랐다.

에스트릴트.

이름이 생기자, 에스트릴트는 나에게 진짜가 되었다. 내가 만들어 갈 세상으로 에스트릴트가 들어왔다. 가족과 친구와 동물이 있는 세상, 모든 세기의 모든 삶이 그렇듯 어려움과 기쁨, 힘듦과 성공이 있는 일상 속으로 들어왔다. 에스트릴트가 있을 환경을 상상해 보았다. 초가지붕을 얹은 원시 가옥 옆에 에스트릴트가 서 있는 모습이 그려졌다. 마을 뒤에는 숲이 있고, 근처에는 농사를 지어 온 농지가 있으며, 훗날 영원한 안식처가 될 늪도 있다. 파란 눈을 들어 나를 쳐다본 에스트릴트가 한 손을 올려 긴 금발을 쓸어내린다.

나는 에스트릴트의 이야기를 쓰기 시작했다. '봄바람은 차가웠다. 에스트릴트는 천으로 어깨를 감싸고, 새 뼈로 만든 곡선의 막대로 천을 여몄고⋯⋯.'

나는 옷자락을 여미는 데 쓰는 그런 작은 막대에 관해 읽은 적이 있었다. 빈데비 소녀가 아닌 다른 늪지 미라와 함께 발굴된 유물이었다.

하지만 여기에서 나는 더 쓰지 못하고 멈추었다. 독자들을 초대하여 펼쳐 나갈 이 아이의 서사를 써 나갈 수가 없었다. 나 자신이 너무나 깊은 슬픔에 잠긴 탓이었다. 내 이야기 속에서 어떤 모험, 어떤 친구, 어떤 아이다운 웃음을 선사하건, 이 아이의 삶은 비극이라는 결말이 정해져 있었다. 나는 곁에 있던 탁자 위 책으로 눈길을 돌렸다. 빈데비 소녀의 사진이 나온 쪽이 펼쳐져 있었다. 작고 섬세한 코, 마치 무언가를 말하려는 것처럼 조금 벌린 입술, 조개껍데기를 닮은 귀의 굴곡.

내가 상상한 삶에서 어떤 자세한 내용을 더하고 어떤 활동을 하게 해도 에스트릴트의 삶은 열세 살에서 끝날 것이다. 천으로 눈이 가려진 채 늪 속에서 죽어 있게 될 것이다. 왜?

빈데비 소녀를 조사한 과학자들은 두 가지 가설을 내놓았다. 가설을 마련할 수 있었던 이유 중 하나는 로마의 역사가였던 타키투스가 서기 1세기 후반의 북유럽, 빈데비 소녀가 발견된 지역의 게르만 부족들에 관해 기록해 둔 덕분이다.

타키투스는 그 지역 사람들이 푸른 눈을 지녔고 머리카락이 붉은색인 경우가 많으며(나의 에스트릴트는 금발이지만) 키가 크다('체격이 거대하다')고 묘사했다. 하지만 에스트릴트는 몹시 작다. 어쩌면 작은 체격 때문에 두드러졌던 것일까? 그래서 특별했던 것일까? (나는 또 이렇게 앞서 나가 에스트릴트의 이야기를 상상하고 있었다.)

게르만 부족들은 서로 싸웠고, 타키투스의 기록에 따르면 전쟁 직전에 의식을 치르며 '바리타스'라는 노래를 불렀다. 용기를 끌어 올리기 위해 거칠게 아우성치듯 부르는 노래로, '소리를 내뱉을 때 입 앞에 방패를 갖다 대어 더욱 크고 깊은 소리로 울리게 만들었다'고 한다. 한때 내가 유튜브를 통해 보고 또 보았던 뉴질랜드 마오리족의 춤 하카가 떠올랐다. 그 춤 역시 뚜렷한 양식을 갖춘 맹렬한 의식이기 때문이다. 타키투스의 기록을 읽다 보니, 바리타스를 연습하는 부족 남자들의 소리를 들으며 에스트릴트가 두렵지는 않았을까 궁금해졌다. 그 부분을 어떤 식으로든 에스트릴트의 이야기 속에 담아야겠다고 생각했다.

타키투스는 게르만 공동체 속 여성의 역할에 대해서도 기록했다. 이 부분이 내 흥미를 끌었다. 신랑은 결혼식에 지참금, 그리고 신부의 부모가 확인하고 허락한 선물들(소, 말, 방패, 창 등등)을 가져와야 했다. 여성은 매우 존경받았으며 아내는 '남편이 겪는 고생과 위험을 함께 나누고, 평화로울 때나 전쟁을 치를 때나 고통을 겪을 때나 성취를 이룰 때나 남편의 동반자가 되어야 한다'고 기록되어 있다.

남편의 고생과 위험을 함께 나눈다는 말이 전쟁에도 함

께 나간다는 뜻은 아니었다. 어떻게 그럴 수 있었겠는가? 게르만 부족의 아내들은 새벽부터 해 질 때까지 바빴다. 농작물을 심고 식사를 준비하고 가족의 옷을 만들 직물을 짜는 등 다양한 일을 하는 동시에 여러 명의 자녀도 돌보아야 했으며, 이미 다음 아이를 밴 몸일 때가 많았다. 타키투스가 퍽 분명하게 기록한 바에 따르면 아내는 아이를 낳고(아이의 수를 제한할 수 없었다. 즉, 제한하는 것은 범죄였다.) 젖을 먹여 키워야 했으며, 무엇보다도 정조를 지켜야 했다. 부정을 저지르면 용서받지 못하고 큰 벌을 받았다. 그 벌 가운데는 머리를 깎이는 일도 있었다.

머리를 깎는 벌에 대한 타키투스의 기록을 근거로, 학자들은 빈데비 소녀가 죽임을 당한 이유가 어쩌면 결혼한 남자와의 불법적인 관계 때문인지도 모른다고 가정했다. 그래서 머리카락의 절반이 깎이고 모든 사람에게서 멸시와 조롱을 당한 뒤 발가벗겨지고 눈이 가려진 채 가까운 늪에 빠뜨려져 죽게 되었을지도 모른다고.

얼굴을 찌푸리게 되는 무섭고도 극단적인 이야기였다. 또한 나에게는 잘 믿어지지 않는 이야기이기도 했다. 빈데비 소녀의 사진을 다시 들여다보았지만, 때가 묻거나 세속적인 구석은 조금도 없어 보였다. 이제 갓 청소년기에 이른 어린 아이였다. 이 아이에게 사랑의 경험이 있다면, 수줍고 어색하게 나누는 대화 정도가 고작이었을 텐데. 장차 나가게 될 전쟁에 대비하여 발을 구르고 거친 노래를 부르는 또래 남자아이 중에 유독 잘생겨 보이는 아이가 있다고 속으로 생각했다거나.

그러니 내가 지을 이야기 속 빈데비 소녀는 숲에서 유부남과 밀회하다가 들킬 아이가 아니었다. 가능한 일처럼 생각되지 않았다.

학자들의 두 번째 가설은 첫 번째 가설만큼이나 끔찍하기는 해도 조금 더 그럴듯하게 여겨졌다.

타키투스는 게르만 부족들이 여러 신을 섬겼다고 기록했다. 신을 달래기 위해 동물(소, 염소, 양이었으리라 추측된다.)을 바치기도 했고, 사람을 제물로 바치는 일도 있었다고 한다. 학자들의 두 번째 가설은 이 기록을 근거로 한다. 혹독한 겨울과 흉작을 겪은 게르만 부족이 다음 농사는 나아지기를 기원하며 신에게 그 아이를 제물로 바쳤으리라는 것이다.

타키투스의 기록에는 제물이 될 희생자를 뽑는 방법도 묘사되어 있다. 일종의 제비뽑기였는데, 과일나무의 껍질로 만든 작은 나무 막대에다 수수께끼 같은 표식을 하여 흰 천 위에 뿌리고, '드루이드'라고 불리던 성직자들이 와서 그것을 해석하는 방식이었다고 한다.

부정을 저질러 죽임을 당했다는 가설보다는 그럴듯하게 다가와도, 이미 내가 아끼게 된 금발의 조그만 여자아이에게 잔인하고 끔찍한 결말이기는 마찬가지였다. 가능한 다른 이야기는 없을까? 타키투스의 기록에는 이런 내용도 짧게 등장한다. '자신의 몸을 더럽힌 이는 진흙 가득한 늪에 빠뜨려 죽였다.' 정확히 어떤 뜻인지는 알 수 없었지만, 수수께끼처럼 호기심이 이는 내용이었다. 나는 이 내용에 관해 생각해 보기로 했다.

하지만 이야기의 결말은 곧바로 정하지 않았다. 그저 봄날 아침 일찍 문을 열고 나선 어린 여자아이를 상상해 보기로 했다. 그렇게 이 아이의 이야기를 시작해도 좋으리라. 어쩌면 행운과 상상력의 도움으로, 어느 생각지 못한 곳에 이를지도 모르리라.

2부

에스트릴트
이야기

전사의 매듭

바람이 차다.

하루가 시작된다. 새 한 마리가 지저귄다. 휘파람새들은 따뜻한 곳에서 겨울을 보내고 이제 막 돌아왔다.

곧 밭에 씨를 뿌릴 때가 온다. 그러면 새들이 여기저기 모여들어 요란하게 울며 씨앗과 벌레를 쫄 테고, 둥지에는 알이 들어찰 것이다. 길게 자란 풀숲에도 휘파람새들의 점박이 알이 놓일 것이다.

아직은 어둡다. 하지만 땅은 살아 있다. 깨어나고 있다. 풀을 스치는 산들바람으로 속삭이고, 잠 깨는 동물들로 웅얼거린다. 가까운 우리 안의 소가 콧김을 내뿜고 제자리에서 몸을 조금 움직인다. 어딘가 높은 곳에서는 부엉이가 굴로 돌아가는 토끼들을 보며 숨결 섞인 울음을 운다.

에스트릴트는 집 앞에서 몸을 떨며 서 있었다. 걸치고 나온 어깨걸이의 양 끝을, 껍질 벗긴 작은 가시나무 막대로 여몄다. 시간이 좀 나면…… 하고 생각하다가 에스트릴트는 그만 풋 웃었다. 시간이 나다니, 해야 할 집안일이 얼마나 많은데! 그래도 마음먹어 보았다. 폭풍우가 불거나 뭐, 다른 이유가 생겨 정말로 시간이 난다면, 숨겨 둔 작은 새의 뼈대를 매끄럽게 갈닦아 어깨걸이를 여미는 도구로 만들겠다고.

마을 여자의 어깨걸이에 그런 것이 꽂혀 있는 것을 가을 의식에서 보았다. 드루이드 사제들이 주문을 읊조리고 남자들이 구호를 외치며 창으로 땅을 칠 때, 품속 아기를 살살 흔들고 배고픈 칭얼거림을 달래는 여자들 틈에 서서 의식을 바라보던 에스트릴트는 무언가를 발견했다. 키 크고 머리카락이 붉은 여자의 어깨에 둘린 천에 눈에 띄는 곡선의 무언가가 꽂혀 있었다. 뾰족하고 작은 뼈 막대였는데, 그것을 천 속으로 찔렀다 빼내어 두니 어깨걸이가 잘 여며져 있을 뿐 아니라, 수술 달린 그 어깨걸이가 한결 더 멋스러워 보였다.

에스트릴트는 장식엔 관심이 없었다. 하지만 조그만 뼈

가, 새로운 역할을 하러 떠난 동물의 남은 흔적이 그 동물의 존재를 기억하게 해 준다는 것이 좋았다. 모든 것은 죽으면 썩고 부스러져 잊히고, 사람조차도 예외가 아닌데 말이다.

당장은 새 뼈 대신 울퉁불퉁한 가시나무 막대면 충분했다. 에스트릴트는 어깨걸이를 좀 더 야무지게 여미고 가시나무 막대로 고정했다. 그러고는 두 손바닥을 비벼 덥히며, 아직 어둠에 싸인 길을 걸어 나갔다. 작은 마을의 집 사이사이를 가르는 길이 마을 가장자리까지 이어졌다.

"에스트릴트?"

대장간 뒤 그늘진 헛간 입구에서 거친 목소리가 속삭였다. 대장간은 마을의 다른 집들과 동떨어진 땅덩이에 홀로 서 있다. 대장간에선 불을 쓰기 때문이다. 집집마다 난방과 조리를 위해 불을 쓰기는 하지만, 대장간은 불을 꺼뜨리는 법이 아예 없다. 쇳덩이를 망치로 두드려 장비와 창, 방패 따위를 만들 때는 불꽃이 여기저기로 날린다. 그러므로 대장간이 외따로 있는 것은 안전을 위해서다. 모두가 불을 두려워한다. 마을의 집들이 나뭇가지와 짚으로 지어졌으니, 불이 붙었다 하면 단번에 온 마을이 타 버릴 수도 있다. 대장간이 멀리 있어야 불꽃이 튀더라도 흙에 내려앉아 꺼져 버린다.

목소리를 들은 에스트릴트가 어둠 속을 보며 웃었다.

"파리크, 잊지 않았네! 다행이다. 깬 사람 없으니까 나와. 안 숨어도 돼."

마른 몸집에 머리카락이 텁수룩한 남자아이가 헛간에서 나왔다. 에스트릴트보다 나이는 많지만, 건강 상태는 더 좋지 못했다. 자세가 구부정하고, 온몸의 뼈가 드러날 만큼 말랐다. 팔꿈치가 몹시 두드러지고, 누덕누덕한 조끼 너머로는 갈비뼈가 보였다. 파리크는 고개를 끄덕여 인사하고는 넓은 흙길로 에스트릴트를 따라나섰다. 등뼈가 비뚤어진 탓에 절뚝거리며 걸었다. 지팡이를 짚고 걷기도 하지만 오늘 아침에는 아니었다. 양손에 무언가를 들어야 해서 지팡이를 쥘 수 없었다. 파리크가 한 손에 하나씩 든 물건이 동트기 전의 어둠 속에서 은은히 빛났다.

파리크가 불쑥 말했다.

"넌 아직 남자애처럼 보여."

에스트릴트가 어둠 너머로 파리크를 보며 대답했다.

"나도 알거든."

"그래도 얼마 안 남았어. 너도 곧 여자처럼 보일 거야."

"그것도 알아."

"내 말은…… 지금이 네가 이걸 할 수 있는 알맞은 때 같다는 뜻이야."

"맞아. 옛날부터 계획했고 너무 하고 싶었지만, 그땐 겁도 나고 몸도 작았지. 어느새 더 미룰 수 없는 때가 왔어."

에스트릴트는 길에서 벗어나 우거진 풀숲을 걸었다.

"이쪽으로 와."

에스트릴트는 파리크가 따라오길 기다렸다 말을 이었다.

"내가 생각해 둔 곳이 있어. 전에 네가 나한테 새 뼈 보여 줬던 곳 알지? 거기서 가까워."

"그 뼈, 아직도 가지고 있어?"

"응."

에스트릴트는 대답하며 고개를 끄덕였다. 이 이상하고 고독한 남자아이와 친구가 된 것은 더 어릴 때였다. 에스트릴트는 그 전부터 대장간에서 허드렛일하는 파리크를 눈여겨보기도 하고, 우물 앞에 같이 줄을 서면 인사를 건네기도 했는데, 어느 오후 풀밭을 걷다가 몸을 숙인 채 무언가를 보고 있는 파리크를 만났다. 다가가 보니, 파리크가 보는 것은 죽은 새 한 마리였다. 다른 사람이었으면 발로 차서 치워 버렸을 테지만, 파리크는 때가 잔뜩 묻은 손으로 그 새를 감싸 들었다. 에스트릴트가 가만히 서서 지켜보자, 파리크는 새의 몸이 어떤 부분들로 이루어져 있는지를 하나하나 설명해 주었다. 각 뼈가 어떤 일을 하는지, 작디작은 존재도 실은 얼마나 복잡한지를 들려주었다. 파리크는 자기가 그런 것을 공부한다고 털어놓았다. 동물뿐 아니라, 곤충과 벌레도 공부한다고. 그게 자기 비밀이라고.

결국에는 에스트릴트도 자기 비밀을 파리크에게 이야기했다. 간절히 갈망하는 일이 있다는 사실을 말이다. 이런 새벽에 여기까지 나온 이유도 바로 그 일 때문이었다.

"넌 몇 살이야?"

풀밭을 나아가며 에스트릴트가 물었다. 에스트릴트는 마을 친구들 나이를 대체로 알았다. 하지만 파리크와의 우정은 아무도 모르는 둘만의 것이었고, 파리크의 과거에 대해서도 아는 것이 없었다.

"나도 몰라, 내가 몇 살인지."

"왜 몰라?"

"어머니가 나 낳으면서 돌아가셨거든. 그래서 아무도 내나이를 세지 않았어."

"그럼 누가 먹이고 키워 줬는데?"

"아버지가 이웃한테 맡겼어. 이웃 아주머니한테 동전을 주면서 나를 키워 달라고 했지. 그런데 결국 우리 아버지도 떠나고 아버지한테 받은 동전도 다 떨어지니까, 아주머니가 나를 내보냈어."

"아버지가 어디로 떠나셨는데?"

"전쟁에서 돌아가셨어. 전사셨거든."

어둠 너머로도 파리크가 몸을 좀 더 꼿꼿이 세우는 모습이 보였다. 파리크는 아버지가 자랑스러운 것이었다. 가족 중에 전사가 있다는 건 실로 자랑스러운 일이다. 비록 전쟁에서 영영 돌아오지 못하게 되는 일이 너무 잦더라도 말이다. 에스트릴트가 사랑했던 외삼촌, 에르하르트도 지난해 근방의 지도자 자리를 두고 일어난 접전에서 창에 찔려 전사했다. 에스트릴트는 외삼촌의 죽음이 여전히 사무치게 슬펐다.

다른 전사들이 그의 활약에 대해 전해 주었다. 마지막 전투에서 두려움 없이 거친 함성을 지르며, 앞장서서 들판을 가로질러 습격을 이끌었다고 한다. 습격 도중 동료 전사가 화살을 맞자, 외삼촌은 전진을 멈추고 전우를 도우려 몸을 숙였다. 그러느라 말을 타고 오는 적군 하나를 보지 못했고, 창에 찔렸다.

마을 사람들의 박수갈채 속에서 창으로 땅을 쿵쿵 치며 전쟁터로 행진하기 고작 며칠 전, 자기를 간지럼 태우며 주름이 지도록 환히 웃던 외삼촌의 파란 눈동자가 에스트릴트에게는 생생했다. 그리고 그로부터 고작 일주일 뒤, 전사들이 방패에 누여 옮겨 온 외삼촌의 피범벅 된 얼굴 위, 이미 하늘을 보지 않고 멎어 있던 눈동자 역시 생생했다.

이 지역 산허리에 흩어져 사는 부족들 간의 전쟁은 역사가 길다. 시인들의 노래를 들어 보면 몇백 년 전 전쟁에서는 신이 지상으로 내려와 전사들을 돕기도 한 모양이다. 하지만 드루이드들이 아무리 전쟁 때마다 기도로 신의 도움을 청해도 이제 신들은 그저 멀리에서만 머문다.

"아버지가 돌아가시고 나서는 어떻게 살아남았어?"

파리크는 어깨를 으쓱했다.

"먹을 수 있는 거라면 뭐든 주워 먹었어."

에스트릴트는 집안일과 육아로 지친 엄마를 끊임없이 도우며 사는 자기 삶도 힘들다고 느꼈다. 하지만 파리크의 삶은 내내 훨씬 더 힘들었으리라 생각했다. 그저 살아남는 것 하나만을 목표로 안간힘을 써야 하는 삶. 그마저도 간신히 이루어진다는 것을, 파리크의 마른 몸을 보면 알 수 있었다.

에스트릴트의 옆에서 절뚝절뚝 걷던 파리크가 숨을 점점 가쁘게 쉬었다.

"그거 내가 들게."

에스트릴트는 파리크의 짐을 덜어 주려고 손을 뻗었다. 파리크는 빛나는 두 물체 중 하나를 건넸다.

"그래, 이걸 들어. 하나는 내가 시범 보여 줄 때 쓸 거야."

파리크는 둥글고 커다란 방패를 건네주었다. 어스름한 새벽빛 속에서, 에스트릴트는 망치질로 만들었을 방패의 무늬를 손끝으로 쓰다듬어 보았다.

"완성된 건 아니야. 아저씨가 아직 다듬는 중이야."

"완성되면 누구 건데?"

"이번에 새로 전사가 될 애들 중 하나. 새봄 의식 때 들고 나설 거래."

새봄 의식. 에스트릴트는 그날을 기다렸다. 손꼽아 기다리며 준비해 왔다. 이제 얼마 남지 않았다.

"그때까지 시간이 충분하겠지? 그동안 내가 잘 배우면 되겠지? 배우는 데 얼마나 걸릴 것 같아?"

파리크가 대답 대신 한숨을 쉬자 에스트릴트는 입을 다물었다. 기꺼이 돕겠다고 나선 파리크도 에스트릴트의 계획이 무모하다고 생각하는 듯했다. 아니, 무모한 정도가 아니라 위험하다고 판단하는 것 같기도 했다. 어쩌면 그 판단이 옳을 것이다. 하지만 에스트릴트는 포기할 수 없다. 소중한 외삼촌 에르하르트를 대신해 복수하려는 마음일지도 모른다. 아들을 홀로 남기고 전사한 파리크 아버지를 위한 복수도 될 것이다. 소중한 사람들의 비극을 여자로서 그냥 참아 넘길 수는 없다.

하지만 지금의 열망이 생긴 가장 큰 이유는 따로 있다. 바로 엄마가 사는 모습이다. 엄마가 살아가는 매일의 삶을 보며, 여자의 삶이 단지 이뿐이어서는 안 된다는 생각이 커져만 갔다. 여섯인가 일곱 해 전만 해도 엄마는 달랐다. 무엇이건 할 수 있을 것 같던 엄마를 에스트릴트는 아직 기억했다. 에스트릴트와 함께 웃으며 풀밭을 달리다가, 풀을 뜯던 말의 등 위에 에스트릴트를 번쩍 올려 앉히고 자신도 훌쩍 올라타던 엄마를. 엄마가 풍성한 갈기를 붙들고 말을 달리면, 두 사람의 머리카락도 목소리도 바람에 휘날렸다.

하지만 이제 집에는 웃음이 사라진 지 오래다. 활기차기 그지없던 엄마는 어디로 갔는지, 허리는 구부정하고, 얼굴은 딱딱한 표정으로 주름지고, 손가락은 마디마디가 불거졌다.

버드나무 껍질로 만든 약이 손가락의 통증을 달래 주긴 했지만, 날씨가 습해지면 통증은 세 배로 돌아왔다. 마을의 다른 아내와 엄마들도 그렇게 되었거나 되어 가고 있었다. 각종 예식과 축제 때 환호와 축하를 받는 건 언제나 남자의 몫이었다. 여자는 결코 그런 것을 받지 못했다. 이런 여자의 삶을 보며 에스트릴트의 마음에 열망이 피어나기 시작했다. 집안일과 출산으로 수척해지고 너무 빨리 늙어 버리는 그저 또 한 명의 여자, 아내가 되는 게 아니라 그 이상의 존재로 살고 싶다는 열망이었다. 여자의 삶이 그보다 커야 한다는 생각이었다.

"다 왔어. 내가 말한 곳이 여기야."

에스트릴트가 이렇게 말하고는 멈추어 서서 주위를 둘러보았다. 작은 공터였다.

"해 뜨기 전엔 이 방패들을 제자리에 갖다 놔야 해. 대장장이 아저씨가 찾을 거야."

"응. 그러니까 얼른 시작하자."

에스트릴트는 한 손을 손잡이에 끼워 방패를 앞으로 들어 올리고는 물었다.

"이렇게 하면 돼?"

파리크도 방패를 똑같이 들어 올리더니 그 옆으로 얼굴을 내밀었다.

"맞아, 그거야."

"그건 네 거야?"

에스트릴트는 손을 뻗어 파리크가 든 방패를 만져 보았다. 양각의 상징 문양들이 손끝에 느껴졌다.

"아름답다. 전사 임명식 때 받은 거야? 네 이름이 불리는 건 못 들은 것 같은데. 하긴 늘 새 전사가 많고 시끄러우니까 내가 놓쳤나 봐."

파리크가 쓸쓸하게 웃으며 방패를 내렸다.

"나? 내가 전사로 뽑힐 일은 절대 없어. 이 방패는 다 되면 내가 아니라 랄프 손에 들릴 거야. 랄프는 아직 모르지만. 너도 아무한테도 말하지 마."

에스트릴트는 어깨를 으쓱했다.

"안 해. 어차피 랄프랑 말도 안 섞는걸."

에스트릴트는 랄프와 잘 아는 사이가 아니었다. 랄프는 우물 앞에서 에스트릴트를 함부로 대한 적이 있다. 큰 소리로 목마르다고 불평하면서 에스트릴트를 밀치고 먼저 우물을 차지했다. 하지만 곧 전사가 되는 그 나이 남자애들은 다

그렇다. 무례하고 자기만 알고 시끄럽다. 랄프도 함께 몰려 다니는 또래들과 마찬가지일 뿐이지만 유독 잘난 체가 심하 다. 곧 새 전사 임명식의 주인공 중 하나로 서서 고래고래 함 성을 지를 것이다. 하지만 무릎뼈가 잔뜩 두드러지도록 마른 몸의 파리크는 당연히 거기 속할 수 없었다. 에스트릴트는 방패의 주인이냐고 묻는 바람에 파리크를 민망하게 한 것 같 아 미안했다.

에스트릴트는 공터 가장자리로 걸음을 옮기며 말했다.

"이쪽으로 와. 여기서 하면 아무한테도 안 들릴 거야."

에스트릴트는 멈추어 서더니 두 발을 벌리고 무릎은 살 짝 굽혔다. 파리크는 얼굴을 가렸던 방패를 내리고 에스트릴 트의 자세를 살폈다.

"나, 제대로 든 거 맞아?"

"더 높이 들어."

파리크의 말에 따라 에스트릴트는 얼굴이 가려질 만큼 방패를 올렸다.

에스트릴트는 이 자세를 쉽게 잡을 수 있다. 또래 남자아 이들만큼 힘이 세거나 덩치가 크지는 않지만, 대신 유연하고 재빨랐다. 하지만 뒤이어 파리크가 발을 벌리고 무릎을 굽히

41

고 방패를 올리는 모습은 어딘가 불편해 보였다. 에스트릴트는 속상했다. 늘 절뚝거리느라 걸음이 느리고, 말소리만큼이나 잦은 기침을 내뱉는 파리크는 너무나 허약했다. 밤에는 대장간의 헛간에서 웅크려 자고, 남이 버린 음식으로 겨우 주린 배를 채우는 삶 속에서 어떻게 건강하겠는가. 에스트릴트는 이 좋은 친구를 자기 집에 살게 할 수는 없을까 생각한 적도 있었다. 그러면 파리크가 적어도 겨울에 온기를 느낄 수 있고, 굶지는 않을 테니까. 하지만 지금도 열한 번째 아이(혹독한 겨울에 태어나 살아남지 못한 아이들도 더러 있었다.)를 밴 엄마가 허락할 리 없었다. 에스트릴트의 집에는 이미 많은 형제자매가 있었다. 너무나 비좁고 시끄러워서 파리크처럼 잘 웃고 마음 넉넉한, 그리고 허약한 아이에게조차 무언가를 내어 줄 여유가 없었다.

지금 에스트릴트가 든 유려하게 장식된 방패는 재산 많고 거만한 남자의 아들인 랄프의 손에 들어갈 것이다. 랄프는 이 방패에 먼저 손을 댄 사람 가운데 여자아이가 있다는 사실을 상상도 하지 못할 것이다. 언젠가 함께 전장에 나가 있을 때 그 사실을 랄프에게 말해 버려야겠다고 생각하니 벌써 고소했다.

"이제 이렇게 해 봐."

파리크가 한 발을 바닥에 세게 굴렀다. 이어서 반대 발도 굴렀다. 그러다 몸이 휘청였다.

에스트릴트가 파리크와 똑같이 발을 굴렀다.

파리크는 목 깊숙이에서부터 거친 소리를 내기 시작했다. 에스트릴트의 오빠들이 술을 마실 때 내는 소리이기도 했다. 오빠들은 이 소리에 이어 장난치듯 전사 구호를 외치다, 어느새 서로 밀치고 때릴 때가 많다. 그러면 엄마는 한심한 전쟁놀이는 밖에 나가서 하라고, 동생들 옥신각신하는 소리에 머리가 지끈거리는데 너희까지 난리냐고 고함을 친다.

에스트릴트의 두 오빠, 알라르트와 카롤루스는 이미 전사로 임명되었기에 다음 전쟁이 일어나면 싸우러 나가게 된다. 그리고 언젠가, 아마도 머지않아 결혼도 할 것이다. 신부 부모에게 결혼 허락을 구하며 내밀 지참금을 열심히 마련하고 있다. 그날이 오면 오빠들은 이 집을 떠나, 각기 자기 집에서 자기 아이들을 키우며 살 것이다. 하지만 지금으로서는 에스트릴트처럼 부모님 집에 살며 유독 많은 공간을 차지하고 많이 먹고 아버지와 함께 사과주를 마신 뒤 요란하게 다툰다.

에스트릴트는 다시 발을 구르고, 파리크를 따라 낮은 소리를 냈다.

"방패를 더 가까이 당겨!"

파리크는 자기가 하던 것을 멈추고 방패를 당기는 시범을 보여 주었다.

파리크를 따라 방패를 몸에 더 붙인 뒤 굵은 소리를 다시 낸 에스트릴트는 깜짝 놀랐다. 같은 소리인데도 이번에는 방패에 부딪쳐 더 커다랗게 울렸기 때문이다. 에스트릴트가 방패 옆으로 휘둥그렇게 뜬 눈을 내밀고 파리크를 보았다. 파리크가 소리 내어 웃었다.

"그래! 그렇게 더 용맹스러운 소리를 내는 거야!"

파리크는 허공에다 한 번, 방패에 대고 한 번 소리를 내질러 소리가 달라지는 것을 뚜렷하게 보여 주었다. 에스트릴트의 머릿속에는 해마다 구경했던 전사 임명식이 떠올랐다. 줄 맞춰 선 새 전사들이 적군을 겁줄 수 있도록 험악하게 내지르던 소리가 떠올랐다.

에스트릴트는 또다시 방패에 대고 거칠게 소리 내 보았다. 파리크도 그렇게 했다. 두 아이는 서로를 보며 웃음을 내뱉었다. 이제는 합창하듯이 소리를 맞추어 보았다. 방패에 대고 으르렁거리는 동시에 발을 땅에 세게 굴렀다. 에스트릴트는 늘린 가죽과 끈으로 만든 신을 신은 발로, 파리크는 맨발로 차가운 흙을 짓밟았다.

두 아이는 점점 박자를 맞출 수 있었다. 서로를 보면서 따라 했다.

"이게 '바리타스'야."

파리크가 에스트릴트에게 말했다. '전사가 외치는 구호'임을 에스트릴트도 알았다. 둘은 바리타스를 외치기 시작했다. 처음에는 동시에 소리를 낸다. 그러다 한 명씩 주고받으며, 마치 질문과 대답처럼 소리를 낸다. 그러고는 방패를 움직여서 소리의 울림을 조정한다. 작은 소리를 내다가 큰 소리를 내고, 고요하다가 갑자기 포효하듯 한다. 바로 이것, 바리타스는 진짜 전사들이 내는 소리다. 적들의 두려움을 치솟게 하는 소리.

에스트릴트는 소리 내기를 멈추고 숨을 골랐다. 문득 눈길을 돌리니, 해가 가느다란 호박색 띠 모양으로 고개를 내밀어 마을을 둘러싼 산의 맨 꼭대기에서 숲의 윤곽이 드러났다.

"가야겠다. 아무도 모르는 새에 돌아가 있어야 해."

에스트릴트가 말했다. 두 아이는 공터를 떠나 풀밭 길을 걸었다.

"내일은 어때? 더 일찍 만날 수 있을까? 더 오래 연습하게."

에스트릴트가 묻자 파리크가 고개를 끄덕였다. 대장간 뒤 작은 헛간 앞에 다다르자, 파리크는 에스트릴트에게서 방패를 돌려받으려 손을 뻗었다.

"소리 내는 거 연습해 둬, 혼자 있을 때."

"알았어. 그런데…… 매듭은? 매듭은 언제 가르쳐 줄 거야?"

"곧."

"혼자서도 해 봤는데, 잘 안 되더라고. 네가 시범을 보여 주면……."

"곧 가르쳐 줄게. 아직 시간 있잖아."

"그래도……."

"나 얼른 가야 해. 저기 불 피워진 거 보이지? 원래 내가 해야 하는 일이야."

파리크는 서두르면서도 살금살금 움직여 자신의 잠자리인 짚 더미 옆의 보관함에 방패 두 개를 되돌려 놓았다.

"아저씨가 너 제자리에 없었다고 화낼까?"

에스트릴트가 속삭여 물었다.

"응. 어디 갔었느냐고 하면 소변보고 왔다고 할 거야."

에스트릴트가 그 자리에 서서 지켜보는 가운데 파리크는 조끼를 여미고 대장간으로 향했다. 대장장이가 풀무로 아침 불을 더 세게 피우는 모습이 보였다. 불에 숨이 붙기 시작했고, 작은 불꽃들이 튀어 올랐다. 에스트릴트는 집을 향해 걸음을 뗐다. 엄마는 이미 일어나 젖먹이를 돌보고 아침에 먹을 어마어마한 양의 죽을 끓이며, 에스트릴트가 도와주기를 기다리고 있을 터였다. 에스트릴트는 파리크에게 고맙다고 소리치고 싶어 잠시 돌아보았다. 하지만 파리크는 이미 대장간에 가 있었다. 타오르는 불이 환히 밝힌 벽에 파리크의 구부정한 그림자가 비쳤다. 에스트릴트는 인사를 마음속으로 삼키고 돌아선 뒤, 헝클어진 긴 금발을 쓸어 넘겼다. 사실 파리크를 불러 내일 아침에 만날 약속을 좀 더 확실하게 해 두고도 싶었다. 전사 자세와 구호뿐 아니라 매듭 만들기도 어서 배워야 한다는 걸 또 강조하고 싶었다. 에스트릴트가 쓸모없는 여자아이가 아닌 최초의 여자 전사로 거듭나려면 꼭 필요한 일이었다.

마을은 조그맣다. 마을 뒤로는 산비탈이 있고, 마을 밑의 좀 더 평평한 땅은 논밭이다. 마을과 좀 떨어진 곳에 암석을 녹여 철을 만드는 용광로가 있고, 바로 옆에 대장간과 헛간이 있다. 마을 중심을 가로지르는 길을 따라 용광로의 반대쪽 끝으로 가면, 선발된 남자아이들이 드루이드 후계자 교육을 받으며 사는 곳인 '롱하우스'가 있다. 용광로와 롱하우스사이의 산기슭에 마을 사람들이 사는 집들이 띄엄띄엄 있고, 그 사이로 작은 길들이 나 있다. 집집마다 연기 구멍에서 나오는 연기가 초가지붕들 위로 퍼져 나간다. 마을 가운데는 공터가 있는데, 우물을 빙 둘러서 금세공, 도기 제작, 목공, 가죽 세공 등을 위한 작업장과 창고 따위가 있다.

이렇게 이른 새벽이면 여러 집 앞뜰에서 닭이 일어나 돌아다니며 땅을 쫀다. 염소, 양, 말이나 소같이 큰 동물들은 나뭇가지로 만든 울타리 안에서 잠 깨어, 몸을 이리저리 움직이며 건초 아침밥을 기다린다. 벌집에서는 겨우내 조용했던 벌들이 깨어나 윙윙거린다. 집들의 아래쪽이자 풀이 무성한 습지 위쪽에 자리한 커다란 연못은 하루의 첫 햇빛을 받으며 봄바람 속 잔물결을 뽐냈다.

에스트릴트는 아빠가 종일 일하는 가죽 세공 작업장과 크고 둥근 가마가 있는 토기 공방 앞을 총총히 지나쳐 집에 다다랐다. 살금살금 집에 들어와 보니 다행히 아직 아무도 에스트릴트의 빈자리를 눈치채지 못했다. 엄마는 쇠사슬로 불 위에 올린 커다란 냄비를 살피고 있었다. 답답한 집 안 공기가 봄이 오며 달라졌다. 겨우내 인간 곁에서 자는 데 익숙해진 가축들이 바깥으로 돌아갔으니, 벌레가 우글대고 엉겨붙은 털, 김 나는 똥, 쿵쿵 뱉는 숨의 냄새가 집 안에 풍기지 않는다. 그 대신 토탄 불 냄새가 풍긴다. 그 연기가 지붕 꼭대기의 연기 구멍으로 나가면서, 높다란 곳에 매달아 둔 마른고기에 불 향이 밴다.

이제 막 걸음을 뗀 어린 동생들은 아니나 다를까 시끄럽게 다투고 있었다. 요에 누워 서로를 찌르고 실랑이하는 녀석들을 내버려두고서 엄마는 뻑뻑한 보리죽이 끓는 무거운 냄비를 젓고 있었다. 에스트릴트는 남동생 하나를 들어 올려 꿈틀거리는 몸을 꽉 안았다.

"브루노는 내가 씻길게요."

에스트릴트는 어깨를 팡팡 치며 반항하는 브루노를 안고 문 쪽으로 향했다.

"너도 언니랑 가자, 베르타."

브루노 또래인 여동생도 불렀다. 베르타는 에스트릴트의 치맛자락을 손에 쥐고, 울퉁불퉁한 흙바닥을 맨발로 기우뚱

디디며 따라갔다. 에스트릴트는 집 밖에 두 동생을 나란히 세우고, 문 옆에 놓인 물그릇에 헝겊을 적셔 얼굴과 손을 닦아 주었다. 윗입술에 콧물이 덕지덕지 굳어 있었다. 둘 다 감기를 달고 살았다. 에스트릴트는 흘러내리는 콧물도 닦아 주고 엉킨 머리카락을 정돈해 준 다음, 고인 물에 무늬를 그리고 놀도록 나뭇가지를 쥐였다. 물장난하게 하면 동생들 손에 묻은 때가 저절로 씻겼다. 그렇게 깨끗해진 손을 말뚝에 걸린 천으로 닦아 동생들을 집 안으로 돌려보냈다. 동생들은 쌩하니 들어갔고, 에스트릴트는 이 애들을 먹이려 죽 두 그릇을 더 뜨는 엄마를 지켜보았다. 집은 금세 시끄러워졌다. 열 살 먹은 쌍둥이 힐다와 로테는 큰 식탁에서 아침을 먹으며 다투었다. 엄마가 자기에게도 죽 한 그릇을 건네자, 에스트릴트는 고개를 저었다. 대신 빵을 한 점 뜯어 토기 주전자 속 우유에 적셔 먹었다. 그것을 아침밥 삼기로 했다.

"아빠는 어디 있어요? 오빠들은요?"

에스트릴트가 물었다. 어깨를 으쓱한 엄마가 볼록한 배에 둘린 앞치마를 매만지며 자리에 앉았다.

"밭에 갔어. 곧 다시 뒷밭 농사를 시작해야 하니까."

어떤 밭은 씨를 뿌리고 어떤 밭은 놀리는 식으로 땅을 번

갈아 가며 농사를 짓는다. 놀리는 밭에는 울타리를 세워 가축이 몇 년 지내게 한다. 그러면 자연스럽게 흙에 비료와 휴식을 줄 수 있다.

"너희 아빠는 새봄 의식 준비로 숲 단장하러 갔고."

새봄 의식이 다가온다, 어김없이. 새벽에 파리크와도 이야기 나눈 참이었다. 봄이 왔으므로 보름달이 차면 '신성한 숲'에서 의식을 치른다. 해마다 겨울을 넘기고 여는 축제다. 여러 신들에게, 특히 땅의 어머니인 네르투스에게 지난 추수를 감사드리고, 앞으로의 풍년을 기원한다. 드루이드들이 이러한 내용의 기도를 올리고 의례를 치르며 신들의 이름을 나직이 부르면, 마을 사람들이 조용히 따라 부른다. 동물들이 제물로 희생되며 우짖는 소리가 잦아들면 드루이드들은 제물의 김이 오르는 내장에서 미래를 점친다. 다음은 마을 회의와 재판이 이어진다. 마을 사람들끼리의 다툼을 살피고, 죄인에게 내릴 벌을 결정한다. 그다음 차례가 남자아이들의 성년식, 바로 전사 임명식이다. 전사가 될 수 있을 만큼 자란 남자아이들이 하나씩 호명되고, 제 이름이 불려 방패를 들고 앞으로 나선 새 전사는 '바리타스'를 크게 외친다. 처음 해 보는 척하지만, 겨우내 몰래몰래 연습해 온 전사의 구호다.

이 의식까지 마쳐야 음식과 음악과 춤을 즐기는 순서에 이른다. 춤은 서로 밀치고 발로 차는 소란으로 바뀌곤 한다. 그게 다 술 때문이다. 남자들, 그러니까 전사들은 잔뜩 술 취한 채 싸우고 고함치고 구토한다. 올해는 그런 소란마저 흥겨운 분위기일 것이다. 술에 취해도 기분 좋게 얼큰해질 것이다. 기억 속에 아직 생생한 삼 년 전 겨울 끝의 의식과는 달리 말이다. 봄에 폭우가 내리고, 여름에 가뭄이 와 지독한 흉작이 든 해였다. 그해 가을에 에스트릴트의 엄마가 낳은 남자아이는 얼마 안 가 비쩍 마른 채 이름도 없이, 울지도 않고 생을 마감했다. 그런 겨울을 갈무리해야 했기에, 새봄 의식은 음울했다. 드루이드들의 간청하는 기도 소리가 울려 퍼지고, 제물이 된 동물의 날카로운 울음소리가 피와 함께 뿌려졌으며, 여자들의 곡소리가 내내 울려 퍼졌다. 갓 태어나 죽어 가는 자식들, 이미 다 자랐으나 굶주림에 겨울을 못 나고 죽어 간 자식들을 부르는 애달픈 신음과 처절한 울음소리. 가장자리에 선 에스트릴트는 그 모든 소리가 끔찍했고 배가 고팠다. 배가 고픈 자신이 미웠다.

하지만 올봄은 다를 것이다.

"이번 새봄 의식은 즐거울 거예요."

52

엄마는 고개를 끄덕이면서도 이렇게 말했다.

"그럴 수도 있지. 그래도 섣불리 기대하는 건……."

"난 기대할래요! 올해는 논밭에 곡식이 잔뜩 넘실거리고, 비도 딱 적당히 오고, 태어나는 아기들도 다 건강할 거예요. 결혼식도 열리고 만찬도 열리고…… 또……."

"쉿, 자꾸 그런 소리 하면 신이 화내신다. 그저 열심히 일하고 결과를 받아들여야지, 어떤 결과든 간에."

에스트릴트는 한숨을 쉬었다.

"엄마는 살면서 즐겁다고 느끼는 때가 있기는 해요?"

엄마는 대답하지 않았다. 하지만 잠시 뒤 저편 벽에 서 있는 베틀을 가리켰다.

"보렴! 베틀에서 걷을 때가 다 됐단다."

엄마가 아주 여러 날 동안 짜고 있는 천이었다.

"새봄 의식 때까지는 완성할 거야. 네가 그때 걸쳐야 하니까."

에스트릴트는 색실로 짠 그 천을 보며 고개를 끄덕였다. 엄마는 각기 노란색, 갈색, 빨간색으로 물들인 실을 격자로 엮어서 무늬를 만들었다. 이렇게나 공들여 천을 짜는 일은 드물었다. 이 기다랗고 알록달록한 천이 만들어지기까지 얼마나 오랜 시간이 걸렸는지 모른다. 엄마가 매일같이 세로로 기다란 나무 베틀 앞에 서서 숙련된 박자로 짜내는 천은 주로 실용적이고 색이 없는 양털실로 된 천이었다. 그 천으로 태어날 아기를 감쌀 포대기나 이불도 만들고, 옷본 뜨기와 바느질을 거쳐 남자들의 옷도 만들었다. 하지만 이 천은 달랐다. 엄마는 키우는 양들에게서 얻은 양털로 만든 실을 겨울 동안 염료(꼭두서니 뿌리로 낸 빨간색, 양파 껍질로 낸 노란색, 견과 겉껍질로 낸 갈색)에 담가 두었다가, 말리고 골라내고 정성스럽게 베틀에 끼워, 직접 생각해 낸 정교한 무늬로 이 천을 짰다. 엄마가 새봄 의식 때 이 천을 둘러 주면 에스트릴트는 뽐내며 집을 나서야 한다.

"엄마가 두르는 건 어때요?"

"내가? 이렇게 배가 불룩해 가지고?"

엄마는 웃음을 내뱉고는 말을 이었다.

"아니, 이건 우리 큰딸을 위한 거야. 이번 새봄 의식에서 네가 가장 예쁠 거다."

"나는 내가 예쁘건 말건 관심 없어요."

"지금이야 그렇지. 곧 달라진다. 너도 금방 여자가 돼. 남편을 어서 만나고 싶을 거고 또……."

"염소젖 짜러 갔다 올게요."

에스트릴트는 돌아섰다.

엄마는 결코 에스트릴트를 이해하지 못할 것이다. 그렇다고 또래 여자아이들이 이해하느냐 하면, 그것도 아닐 것이다. 그 애들은 방금 엄마가 말한 것을 원했으니까. 예쁘게 자기를 꾸미는 것. 젊은 전사들이 그 모습에 반해 자기에게 곁눈질하는 것. 하지만 에스트릴트가 원하는 것은 그런 게 아니었다. 에스트릴트가 갈망하는 것은 남자아이들이 가진 것이었다. 강함, 그리고 힘이었다.

에스트릴트는 입을 다물고 조용히 염소 우리로 향했다. 하지만 소리 내지 않고도 연습했다. 방패에 부딪쳐 커다랗게 울려 퍼질 우렁찬 구호와 으르렁거리는 목구멍소리를, 바리타스를, 마음속으로 연습했다.

염소젖을 짜다 고개를 드니, 소를 이끌고 밭을 갈던 오빠들이 황소 때문에 애를 먹는 듯했다. 조용하고 거대한 그 황소는 이제 나이가 많다. 아빠가 가져온 결혼 지참물 중 하나였다. 엄마 이야기에 따르면, 아빠는 황소 목에 화환을 둘러 자랑스럽게 이끌고 왔다고 한다. 이제는 갈비뼈가 드러난 데다 가죽은 얼룩덜룩하고 흉터가 많다. 카롤루스는 밭을 가는 데 방해가 된 커다란 바위를 끙끙거리며 날라 밭 가장자리에 내려놓았다. 긴 머리카락이 땀에 젖어 축축했다. 해는 뜨겁고 두 청년의 어깨는 땀으로 번들거렸다. 카롤루스와 알라르트 모두 성실하고 외모도 준수했다. 결혼할 나이가 된 여자들이 웃으며 말을 걸곤 했고 이들도 화답했다. 밭일을 하는 오빠들을 보며, 에스트릴트는 부디 그들의 젊은 목숨을 외삼촌처럼 전쟁에서 빼앗기는 일이 없기를 기원했다.

문득 파리크는 앞으로 어떻게 될까 하는 생각이 들자, 에스트릴트는 서글퍼졌다. 파리크도 곧 결혼할 나이가 된다. 하지만 신부를 위해 예물을 마련할 방법이 없을 테고, 그에 앞서 등뼈가 휘고 가슴의 갈비뼈가 다 보이도록 마른 남자와 결혼하려는 여자도 없을 것이다. 파리크의 몸으로는 농사를 지을 수도, 대장장이 일을 물려받을 수도 없다. 대장장이는 새벽부터 해 질 때까지 쉬지 않고 열기 속에서 일한다. 얼굴은 늘 검댕투성이에다 무거운 장비를 연신 휘두르느라 근육질이 된 팔에는 불꽃으로 생긴 화상이 수두룩하다. 파리크는 그런 일을 해낼 체력이 없다. 팔 힘은 세지만, 늘 숨이 가쁘다. 아무리 애써도 대장장이를 돕는 역할 이상을 할 수 없을

것이다. 대장장이가 더는 데리고 있지 않겠다고 하는 날이라
도 오면, 갈 곳을 찾아야 한다. 철광석을 녹이는 용광로에 파
리크의 일자리가 있지 않을까? 용광로의 불이 계속 활활 타
오르도록 거대한 풀무로 바람을 불어 넣는 일이라든지. 아니
면 파리크의 잘 웃는 얼굴과 쾌활하고 씩씩한 성격을 보고
심부름과 소식 전달을 맡기려는 사람들이 있지 않을까?

에스트릴트는 꼬마 때부터 파리크와 친구가 되었다. 그때
파리크는 혼자 있을 때가 많았는데, 또래 남자아이들은 커
갈수록 노는 방식이 거칠어지고 그에 발맞추지 못하는 파리
크를 조롱했기 때문이다. 에스트릴트는 파리크의 외로움을
알아챘고, 이따금 작은 선물을 가져다주었다. 때로는 풀밭에
서 꺾은 꽃을 주었다. 에스트릴트의 자그마한 손에 꽉 쥐여
으스러지고 시들시들해진 꽃이었다. 파리크는 에스트릴트가
주는 것을 늘 귀중한 물건처럼 받았고, 고맙다고 말하며 에
스트릴트를 껴안았다. 꽃송이를 엮어 화관 만드는 법을 가르
쳐 주고서 에스트릴트의 머리에 씌워 주기도 했다.

되새의 뼈대에 대해 자세히 알려 주고, 저마다 다른 새 울
음소리를 가르쳐 준 아이도 파리크였다. 울새의 높게 떨리는
목구멍소리, 나이팅게일의 짹짹거리는 소리, 늪 가장자리 바

위에 둥지를 트는 갈색 부엉이의 거친 고함 같은 소리.

에스트릴트는 마지막 차례로 젖짜기를 마친 작은 염소가 손에서 빠져나가자, 부엉이를 떠올리며 마을 가장자리 숲 너머 어두운 늪 쪽을 바라보았다. 늪에는 새가 없다. 새는 벌레들이 움찔거리고 뛰어다니는 마을 가장자리 숲을 좋아한다. 하지만 늪 근처에 둥지를 튼 그 부엉이는 밤에 밭을 뛰어다니는 들쥐와 토끼의 소리에 귀 기울인다. 밭 위를 스르르 날다가, 어느 순간 단숨에 곡식 사이로 날아들어 사냥감을 잡는다.

하지만 늪은 멈춘 듯 고요하고, 습하고, 기분 나쁜 냄새가 날 뿐 아니라, 깊은 밤이면 축축한 공기 속에서 정체 모를 희미한 빛이 일렁인다. 에스트릴트도 본 적 있는 그 빛을 마을 사람들은 악령이라고 믿는다. 그래서 아이들에게는 그 빛 가까이 가지 말라고 이른다. 에스트릴트가 그 이야기를 꺼내자 파리크는 하하 웃으며 겁낼 이유가 없다고 했다. 늪이 뿜는 기체 때문에 생기는 일이라며, 하늘에서 내려온 게 아니라 땅의 특수한 환경에서 만들어진 빛 덩어리일 뿐이라고 했다. 하지만 에스트릴트가 알기론 파리크도 대장간 불을 피울 토탄을 꼭 낮에만 캐고, 늪 가장자리까지만 들어가서 캔다.

"뭐, 안 그래도 늘 지저분한데 다리에 진흙까지 잔뜩 묻힐 필요 있어? 그리고 너무 깊이 들어가면 늪이 발을 빨아들이거든."

파리크는 입으로 후루룩 빨아들이는 소리를 내고는 웃었다. 하지만 에스트릴트는 악취 나는 축축한 늪이 맨발을 놓아주지 않고 잡아당긴다는 생각만으로도 너무 무서워, 함께 웃을 수가 없었다. 떠도는 이야기들이 있었다. 뭐, 지어낸 이야기들일 것 같기는 하지만, 마을에서 사라진 사람이나 우리에서 달아난 동물, 가출한 아이, 몹시 나이 든 할아버지가 넋이 나가 떠돌다가 늪 속으로 영영 사라졌다나.

"그래도 더 조심하란 말이야."

에스트릴트가 이렇게 말하자, 파리크는 겁먹는 에스트릴트가 어이없다는 듯 씨익 웃기만 했다.

염소들이 울고 서로 들이받고 우리 안을 깡충거리며 놀았다. 에스트릴트는 다정하게 말도 걸고, 직접 지은 이름으로 한 마리씩 불러도 보았다. 펄쩍이, 꼬리, 방글이. 에스트릴트는 이제 염소젖을 들고 집으로 돌아가려고, 벌레 막이 천을 덮은 무거운 들통을 들어 올렸다. 가축 젖을 짜는 일은 여자들의 일이다. 하지만 에스트릴트는 소를 이끌고 밭을 갈고 싶었다. 또 신성한 숲에서 일하고도 싶었다. 오늘부터 아빠와 많은 남자 어른들이 새봄 의식을 위해 숲을 단장하기 시작했다. 드루이드들이 신을 불러 마을의 풍요로운 한 해를 기원할 수 있도록 말이다. 또 칼을 벼리며 전쟁 준비를 하고도 싶었다. 사실 이 일을 가장 하고 싶은 것도 같았다. 사랑하는 외삼촌의 죽음을 기리며. 물론 적군과 맞서 싸운다고 외삼촌이 돌아오는 것은 아니다. 하지만 에스트릴트가 전쟁터에서 자기 가치를 증명하는 것만으로도, 어떤 면에서는 외삼촌의 죽음에 대한 복수가 될지 모른다.

염소젖을 들고 집으로 가는 길에 에스트릴트는 친구 구드룬과 토라를 마주쳤다. 에스트릴트의 또래이고, 자매인 두 아이는 시끄럽게 퍼덕거리는 거위 한 마리의 뒤를 따라 연못으로 가고 있었다. 웃으며 끄는 작은 손수레에는 더러운 옷이 가득했다.

"우리랑 같이 가자! 빨래하면서 그물로 물고기도 잡을 거야!"

에스트릴트는 따라가고 싶었다. 새벽에는 날씨가 쌀쌀했지만, 해가 뜬 지금부터는 점점 포근해질 것이다. 연못가에 신발을 벗어 놓고 얕은 물에서 물장구쳐도 참 기분 좋을 것이다. 고기잡이는 또 얼마나 재미있을까. 에스트릴트는 물고기를 낚아 올리는 데는 서툴렀지만, 즐겁기는 매한가지였다. 아쉬운 마음을 뒤로하고, 에스트릴트는 못내 두 아이에게 고개를 저었다.

"염소젖을 집에 가져다 놔야 해."

에스트릴트는 들통을 눈짓했다. 구드룬이 고개를 끄덕이고 말했다.

"그래. 너희 어머니가 드셔야지. 어머니께 꼭 염소젖을 드시라고 말씀드려, 구드룬이 조언했다고."

둘 중 더 명랑한 성격인 토라가 구드룬의 진지한 말투를 웃으며 따라 했다.

"구드룬이 조언했다고.'"

에스트릴트는 토라의 장난은 그냥 넘기고, 구드룬에게 대답했다.

"말씀드릴게."

아직 어리지만 조산사의 도제가 된 구드룬은 진지한 태도로 배움에 임했다. 아마 에스트릴트 엄마의 이번 출산도 곁에서 도울 것이다.

"얼마 안 남았으니."

구드룬의 말에 에스트릴트가 대답했다.

"맞아. 그래도 아직 시간이 좀 있어. 엄마는 새봄 의식에도 가실 거래."

토라가 빙글빙글 돌면서 걷자, 긴 머리카락이 너울너울 흩날렸다. 토라의 즉흥적인 춤에 놀란 거위가 꽥 소리를 내며 더 빠르게 나아갔다.

"새봄 의식이 다가와서 너무 좋지 않아? 아아, 잔치 음식이 기대된다!"

에스트릴트가 토라에게 대답했다.

"좋지, 잔치 음식. 축하하는 시간도 좋고. 종 달린 봉을 든 시인의 공연도 좋아."

시인은 종으로 장식된 금속 봉을 들고 흔들면서 신성한 숲에 나타났다. 이제 내가 왔고 지금부터 긴 노래들을 부를 것이다, 하고 알리듯이 말이다.

"드루이드님들은 안 좋고?"

토라가 장난스럽게 물었다. 그러더니 손수레 속 뭉쳐진 빨랫감 하나를 꺼내 드루이드의 커다란 모자처럼 머리에 두르고, 알아듣지 못할 소리를 불길하고 슬프게 웅얼거렸다.

에스트릴트는 웃었지만 구드룬은 초조하게 곁을 둘러보

며 그만하라고 했다. 성직자를 조롱하다니, 위험한 일 같았기 때문이다.

토라는 머리에 걸쳤던 옷을 손수레에 도로 돌려놓고 말했다.

"나는 다 좋아. 드루이드님들도 좋아. 그런데 딱 하나는…… 싫어. 뭔지 알지?"

"제물 바치기?"

에스트릴트가 맞히자 토라가 고개를 끄덕였다.

"응. 피가 싫어. 양이랑 염소가 지르는 소리도."

그러자 구드룬이 담담하게 지적했다.

"그냥 동물일 뿐인데, 뭐."

토라는 치맛자락을 들고 다시 빙글빙글 돌았다. 즉흥적인 춤에 맞춰 콧노래도 흥얼거렸다.

에스트릴트는 그 모습을 보며 미소 지었지만, 머릿속으로는 방글이, 폴짝이 같은 집에 있는 염소들이 떠올랐다. 그냥 동물일 뿐이라는 말도 맞지만, 에스트릴트는 토라와 같은 마음이었다. 바위에 목을 길게 늘인 채 칼을 기다리는 염소들의 모습은 정말이지 보고 싶지 않았다.

구드룬도 토라도 새 전사 임명식 이야기는 하지 않았다.

에스트릴트도 하지 않았다. 하지만 올해의 임명식을 보면 두 친구는 놀랄 것이다. 지금까지와 다를 테니까. 에스트릴트는 점점 더 가슴이 설레었다.

달이 보름달에 가까워지며 마을 분위기가 달라졌다. 나무에는 새순이 자라 팔을 벌리기 시작했고, 파란 하늘과 뚜렷하게 대비되던 앙상한 나뭇가지들이 연초록 무늬를 입고 산들바람에 흔들렸다. 어린아이들은 연기 가득한 집 안에서만 보내던 날들을 뒤로하고, 바깥 공기를 맞으며 웃고 뛰놀았다. 엄마들은 지난겨울 동안 태어난 갓난아기들을 햇살 아래 자랑스레 내보였고, 그 조그만 존재들은 처음 보는 밝은 빛에 눈을 찌푸리고 깜빡였다.

엄마는 약속한 대로, 복잡한 무늬로 짠 천을 베틀에서 걷었다. 에스트릴트는 가장자리를 수술로 장식하기 전까지 선반에 개어 둔 그 천을 이따금 바라보며, 아름다운 색깔에 감탄했다. 마을의 많은 여자들이 간혹 양털실에 물을 들이지만 그 과정이 길고 어려운 탓에 보통은 색이 없는 천으로 옷을 짓고, 색이 들어간 천은 예복이나 가장 훌륭한 전사들의 옷을 만들 때 쓴다. 엄마가 만든 이 천처럼 다양한 색과 복잡한 무늬를 지닌 천은 지금까지 본 적이 없었다. 그 어여쁜 어깨걸이를 보고 있자니, 그것을 걸친 자기 모습이 저도 모르게 잠깐 떠올랐다. 꽃송이로 장식하면 어떨지 상상하면서 긴 머리카락도 만지작거렸다. 하지만 어느새 에스트릴트의 손가락은 머리카락을 휘감아서 옆으로, 그리고 위로 올려 보고 있었다. 파리크에게서 곧 수에비 매듭 머리를 배운다는 사실을, 그 멋지고도 복잡한 전사만의 머리를 자신도 곧 할 수 있게 된다는 사실을 떠올리면서 말이다.

에스트릴트는 드루이드의 롱하우스 근처를 지나다가 시인의 오두막에서 노래 연습 소리를 들은 적이 있다. 부족의 역사에 관한 노래로, 오랜 옛날의 전쟁과 승리가 담겨 있었다. 그곳에서 머무는 도제들이 예로부터 전해 내려온 노래들을 전수했다. 시인이 세상 이치대로 나이가 들어 죽더라도 노래와 이야기는 다음 또 다음 세대로 이어져 새 생명을 얻을 것이다.

저녁마다 에스트릴트의 아빠를 비롯한 남자 어른들은 신성한 숲에서 일을 마치고 잔뜩 지쳐 돌아왔다. 부족의 모든 사람이 모이는 날이면 신성한 숲은 완벽하게 다듬어져 있을 것이다. 잎사귀 하나하나가 영롱하고, 바위는 매끈하게 윤이

나고, 석조 제상은 티 없이 깨끗할 것이다. 새로 만든 탁자들이 놓이고, 무늬를 새긴 기둥들이 가장자리를 두르며 세워질 것이다.

에스트릴트는 달을 보았다. 엄마가 달을 보는 건 다시 초승달이 뜰 때쯤 열한 번째 아이가 세상으로 나오기 때문이었다. 에스트릴트가 달을 보는 이유는 달이 차서 모두가 지난 추수와 새 전사의 탄생을 축하할 때, 자신도 새 전사로서 그곳에 서 있을 것이기 때문이었다. 그날 에스트릴트는 외삼촌이 쓰던 방패의 새 주인이 자신임을 모두에게 알릴 것이다. 그날 에스트릴트는 세상 속 자신의 자리를 만들 것이다. 모든 여자들의 자리를 만들 것이다.

에스트릴트는 새벽마다 파리크와 함께 구호를 외치고 발을 굴렀다. 대장장이는 이를 아는지 모르는지 아무 말도 하지 않았다. 파리크는 늘 해 뜨기 전에 제자리로 돌아가 대장간 일을 도왔다.

파리크가 에스트릴트에게 시범을 보여 줄 때 쓰는, 때가 되면 랄프의 것이 될 방패는 매일 모양이 바뀌어 갔다. 대장장이는 방패 위에 계속해서 복잡한 무늬를 더했다. 한때 에스트릴트의 손에 그저 곡선으로 만져지던 부분이 이제는 소

용돌이와 원으로 이루어진 나뭇잎 무늬가 되어 있었다. 보석
도 박혀 있었다. 랄프의 아버지는 소를 많이 키우고 노예를
부리는 부자다. 방패에는 원래 장식이 있다. 에스트릴트가
새봄 의식에서 본 방패들도 그랬고 새벽 연습 때 쓴 방패에
도 곡선의 양각 무늬가 있었다. 하지만 랄프의 방패는 유난
히 특별하게 만들어지고 있었다. 가장 이름난 전사들의 방패
보다도 더 정교하고 아름답게. 해 뜨기 전의 어둠에서는 자
세히 보이지 않았지만, 만져 보기만 해도 감탄이 나왔다.

"정말 아름답다. 아니 어째서, 왜 이렇게 멋진 방패가 랄
프 것이지?"

에스트릴트의 말에 파리크는 어깨를 으쓱하고 대답했다.

"아버지 덕이지. 랄프 아버지 알아?"

"아니."

"얼마나 자기 자랑이 심한지 몰라."

파리크가 고개를 절레절레 흔들자, 에스트릴트가 웃으며
말했다.

"아들이랑 똑같나 보네."

"그래, 자기 아들이 다른 어떤 새 전사보다도 특별해 보였
으면 해서, 이걸 만들어 달라고 대장장이 아저씨한테 동전을

얼마나 많이 췄는지 몰라."

파리크도 방패의 무늬를 쓰다듬고는 말을 이었다.

"얼마나 가벼운지 들어 봐. 청동도 써서 만들었거든."

파리크는 방패를 에스트릴트에게 내밀었다. 받아 들어 보니 과연 가벼웠다.

"뭐, 나는 외삼촌 방패를 쓸 거야. 모양도 굉장히 단순하고, 무거워."

에스트릴트는 '그리고 외삼촌의 핏자국이 있어.' 하고 속으로 덧붙였다. 화려한 랄프의 방패를 돌려준 뒤 에스트릴트는 자기의 연습용 방패를 다시 들어 올렸다.

"그 방패로도 나는 랄프 못지않은 전사가 될 거야. 아니, 랄프보다 더 훌륭한 전사가 될 거야."

그러다 에스트릴트는 한순간 자신 없어진 표정으로 파리크를 보았다.

"그렇게 될 수 있겠지?"

"연습하면 되지."

파리크가 대답하며 짓는 미소가 어둠 속에서도 선명히 보였다.

"이제 새로운 걸 배울 차례야."

"매듭!"

에스트릴트가 곧바로 외치며 머리카락을 만졌다. 그러나 파리크는 이렇게 말했다.

"그것도 곧 할 건데, 지금은 다른 거. 봐!"

파리크가 오늘 새벽 가져온 커다란 염소 가죽 주머니에 손을 넣더니 말했다.

"검술 연습 하자."

에스트릴트는 파리크가 건넨 칼을 받아, 부드러운 칼자루를 만져 보았다.

"칼을 들고 앞으로 달려드는 연습을 할 거야."

파리크는 경고를 덧붙였다.

"칼이 방패에 닿으면 절대 안 돼. 칼자국이 생기면 대장장이 아저씨한테 들키니까."

에스트릴트는 고개를 끄덕였다. 방패에 남는 칼자국을 잘 알았다. 외삼촌의 방패에서 숱하게 보았다. 창칼에 긁히고 팬 무수한 자국과 외삼촌의 피 얼룩이 남은 방패는 집 한쪽 구석에 추모의 의미로 걸려 있다. 에스트릴트에게는 그 방패가 부적 같다. 엄마는 때로 방패를 만지며 기도를 읊조린다. 에스트릴트도 이따금 슬픔과 존경심을 느끼며 방패를 만지지만, 중얼거리는 것은 기도가 아니다. 꼭 복수하겠다는 다짐이다.

해 뜰 무렵이 되어 집으로 돌아가는 길, 에스트릴트는 저도 모르게 허공을 찔렀다. 무게 중심을 재빨리 바꾸어 가며, 양팔로 번갈아 찔렀다. 진짜 전쟁터에서는 칼로 적군을 찌를 때 쓰는 그 움직임에 호흡이 저절로 짧고 거칠어졌다. 아직도 연습 때 쥐었던 칼자루가 손에 만져지는 것 같았다. 사실 에스트릴트의 손에는 너무 큰 칼자루였지만.

언젠가는, 그러니까 에스트릴트가 전사로서 자리매김하고 나면, 대장장이가 에스트릴트를 위해 작으면서도 무시무시한 칼을 만들어 줄지 모르는 일이었다.

요즘 들어 에스트릴트는 전에 없이 자주 랄프와 마주치는 듯했다. 작은 마을이어서 모두가 아는 사이였다. 예식이 열려 많은 사람이 모일 때도 낯선 얼굴은 없었다. 이웃과 친척, 낯익은 상인들이 누군가의 결혼을 함께 축하하고 누군가의 죽음을 함께 슬퍼했다. 그렇기는 해도 랄프는 에스트릴트보다 나이가 많아, 꼬마 시절에 함께 놀던 또래가 아니었다. 늘 떠들썩하고 거만한 예비 전사들끼리 모여 다니는 랄프는 저보다 어린 아이들을 무시했다. 에스트릴트와 마주칠 일도 거의 없었다. 전에는 말이다. 그런데 요즘, 갑자기 에스트릴트가 가는 곳마다 랄프가 있는 것 같았다.

연못가에 냄비를 씻으러 갔을 때도 랄프가 에스트릴트를 보며 비열해 보이는 웃음을 지었다. 밭일하는 오빠들을 저녁 식사에 부르러 갔을 때도 밭 가장자리에 랄프가 있었다.

"내가 먹을 음식도 있어?"

이렇게 묻는데, 어쩐지 가볍게 농담을 던지는 것 같지 않았다. 표정도 날카로웠다. 이어서 랄프는 덧붙였다.

"아닌가? 남는 건 다 네가 먹나? 살찌우고 힘 키우려고?"

에스트릴트는 대답 없이 땅만 내려다보았다. 하지만 집으로 돌아가며 랄프의 말에 숨은 뜻을 고민했다.

어느 오후, 에스트릴트가 토라와 함께 양 사육장 근처를 걷고 있을 때였다. 겨울에 두툼하게 자란 양털을 깎는 중이라 겁에 질린 양들이 법석을 떨며 우는 소리가 들리던 그때 느닷없이 또 랄프와 마주쳤다. 랄프는 에스트릴트 옆을 지나쳐 갔고, 이번에는 아무 말도 하지 않았지만 손으로 입을 가린 채 자꾸 거친 소리를 냈다.

토라가 에스트릴트에게 물었다.

"방금 저 소리 뭐야? 꼭 우리 송아지 죽었을 때 어미 소가 내던 소리 같아! '우리 아기한테 무슨 일이 생긴 거야?' 하던 소리."

토라가 어미 소 흉내를 내며 웃었다. 에스트릴트는 재미있다는 듯 조금 웃었지만 실은 재미있지 않았다. 랄프가 낸 소리의 정체가 그런 것이 아님을 알았기 때문이다. 에스트릴트를 겨냥하고 낸 것이 분명한 그 소리는 전사의 구호, 바리타스였다.

에스트릴트는 토라에게 아무런 티를 내지 않았다. 그러고는 조금 뒤 파리크에게 따져 물으러 대장간으로 갔다. 그러나 대장간에는 변함없이 활활 타오르는 불과 함께 도구만 여기저기 놓여 있을 뿐, 사람은 없었다.

"대장장이 아저씨는 어디 계세요?"

주변에 있는 마을 사람들을 향해 에스트릴트가 물었다.

"신성한 숲에 갔어."

땅에 앉아 반쯤 죽은 쥐를 나뭇가지로 건드리던 한 아이가 에스트릴트를 올려다보며 건넨 대답이었다.

"제단을 설치하는 데 도움이 필요하다고 해서 갔어."

"파리크도 같이 갔어?"

아이는 목에 벌레 물린 자국을 피 날 때까지 긁더니 엄지
손가락에 묻은 피를 빨고는 에스트릴트를 빤히 보기만 했다.

"파리크 몰라? 대장장이 아저씨를 돕는 남자애."

"롱하우스에 갔어."

아이는 드루이드들이 모여 살며 공부하는 언덕 위의 기
다란 집을 가리켰다.

"왜?"

아이는 어깨를 으쓱하고 대답했다.

"거기에 일이 있대서. 일하고 동전을 받을지도 몰라. 어차
피 대장장이도 없잖아. 내가 알려 줬으니까 나한테도 동전
좀 주지?"

에스트릴트는 아이가 내민 손을 무시하고 돌아섰다. 아이
는 불만스러운 표정을 짓고는 다시 쥐를 괴롭혔다.

에스트릴트는 망설였다. 집에 가야 하는 시간이었다. 에
스트릴트가 아이들을 돌봐 주어야 엄마가 저녁 준비를 하기
전 잠시 쉴 수 있다. 게다가 에스트릴트는 롱하우스 가까이
에 가고 싶지 않았다. 그곳은 어쩐지 늘 불편했다. 치렁치렁
한 사제복으로 온몸을 가리고, 모자로 얼굴도 어둡게 가린
드루이드들은 마을 사람들과 거리를 둔 채, 자기들끼리만 무

어라고 말을 나누며 권력을 즐겼다. 성직자뿐 아니라 판사의
역할까지 했다. 모두가 남자였다.

"왜 여자 드루이드는 없어요?"

에스트릴트는 언젠가 엄마에게 물었다. 엄마는 깜짝 놀란
표정을 지었다.

"그건 우리 여자들이 맡는 일이 아니야."

에스트릴트 말고는 집 안에 꼬맹이들밖에 없는데도 엄마
는 누가 들을세라 작은 소리로 이어 말했다.

"다른 지역에 여자 드루이드가 있었다는 얘기는 들었어.
하지만 뜬소문이었을 거야. 중요한 판단을 내리는 건 여자들
일이 아니야. 여자는 동물 내장이나 하늘을 나는 새들을 보
고 앞날을 맞힐 수 없어."

에스트릴트는 대뜸 말했다.

"나는 맞힐 수 있는데요. 새들이 말해 주는 미래가 정확히
보여요. 새들이 남쪽에서부터 아주 커다랗게 무리 지어서 날
때는 '겨울이 끝났어.'라는 뜻이에요."

엄마는 허허 웃으며 고개를 끄덕였다.

"드루이드님들이 새들한테서 얼마나 많은 것을 알아내는
데. 어떤 모양으로 무리를 짓는지, 어떻게 날아오르는지를

아주 예리하게 보고 우리의 앞날을 알아내는 거야. 그런 일을 할 수 있는 건 드루이드님들뿐이야."

"여자도 배울 수 있어요."

"내장 보는 법도 배울래?"

에스트릴트가 역겨운 듯한 표정을 짓자 엄마가 웃었다.

"거봐, 엄마가 아무리 염소나 양의 배를 갈라도 보이는 건 내장 그 자체뿐이야. 간처럼 요리에 쓸 것이나 보이지. 하지만 드루이드님들은 다르단다! 제물로 바친 동물의 내장에서 모든 걸 읽어 내셔. 그걸 꿰뚫어 보고 이해한다고. 그런 특별한 일을 여자는 못해."

"여자도 할 수 있어요. 하게만 해 준다면."

엄마는 고개를 절레절레 흔들고 눈길을 돌렸다. 그 눈길이 집안일들에 가 머물렀다.

에스트릴트는 드루이드들이 싫었다. 그들이 여자를 결코 후계자로 뽑지 않는다는 사실도 싫었다. 자기들만의 지식이 있고, 온몸을 옷으로 가리고, 알 수 없는 주문을 내뱉는 드루이드들이 좀 무섭기도 했다. 하지만 당장 파리크를 만나야겠기에 에스트릴트는 롱하우스로 향했다.

마침 롱하우스의 커다란 문에서 파리크가 나오고 있었다.

에스트릴트를 보더니 기분 좋게 손을 흔들고는 다가왔다.

"이것 좀 봐! 나 동전 받았어!"

파리크는 동전을 들어 보였다.

"그냥 새봄 의식 때 목에 두를 칼라를 구부러진 데 없도록 두들겨서 펴 준 것뿐인데 말이야."

드루이드들은 넓고 장식이 화려한 금으로 된 칼라를 목에 두르고 의례에 참가하는데, 금은 무르고 쉽게 손상되는 금속이었다.

에스트릴트는 마주 인사하지 않고 화난 얼굴로 따졌다.

"말했지?"

"말하다니, 뭘?"

"랄프한테 말했잖아. 랄프가 다 알아."

파리크는 잠시 어리둥절한 표정을 짓다가 말했다.

"랄프? 난 랄프랑 말을 한 적이 없는데. 랄프 무리하고는 말도 안 섞어. 빨리 못 달린다면서 나를 무리에서 쫓아낸 놈들이야. 다섯 살 때쯤엔 랄프한테 맞아서 코피도 났는걸."

"네가 말 안 했으면 내 계획을 랄프가 어떻게 알아? 랄프가 안단 말이야. 확실해. 자꾸 나를 따라다니면서 뭔가를 중얼거려."

둘은 대장간과 에스트릴트네 집이 있는 방향으로 걷기 시작했다.

"나도 모르지. 아, 그러고 보니……."

파리크가 말을 멈추었다.

"그러고 보니, 뭐?"

"네가 새벽 연습 끝내고 돌아가다가 나한테 매듭 얘기 한 적 있잖아. 기억나?"

에스트릴트는 머리카락을 만지며 대답했다.

"응. 매듭 언제 가르쳐 줄 거냐고 계속 물어봤지. 네가 곧 가르쳐 준다고 대답했잖아."

파리크가 고개를 끄덕였다.

"네가 빨리 배우고 싶다고도 그랬어."

"지금도 빨리 배우고 싶어. 계속 약속만 하잖아."

파리크는 이 말을 흘려 넘기고는 말했다.

"그때 너랑 헤어져서 돌아섰는데 네가 다시 불렀어."

두 아이는 걸음을 멈추었다. 지금 선 곳이 바로 두 아이가 새벽마다 헤어지는 곳이었다.

"응, 내가 널 불러서 얼른 매듭 연습을 해야 한다고 외쳤지. 그러니까 네가 엉킨 곳 없게 머리를 빗어 두라고 외쳤어.

그래야…….”

“그래야 내가 매듭 머리를 가르쳐 줄 수 있다고 했지. 그
때 말이야, 우리가 더 작게 말해야 했어. 우리 목소리가 대장
간에 다 들렸대.”

이럴 수가. 더 조심해야 했는데. 여태 둘의 새벽 연습을
아무도 몰랐는데.

“대장장이 아저씨가 뭐라고 했어?”

“나더러 어디 갔다 왔냐고 묻긴 했는데, 대답할 틈 없이
‘꼭 할 일 있을 때 소변보러 간다.’면서 투덜거리셨어. 그리
고 랄프 방패가 어디 있느냐고 물으셨어. 랄프 아버지가 대
장간에 와 있었거든.”

에스트릴트는 숨을 죽였다.

“그래서 넌 뭐랬어?”

“그때 내가 헛간에 먼저 들러 방패랑 칼을 두고 나오길
잘했지. 우리가 큰 소리로 대화하기 전에 내가 헛간으로 가
고 있었잖아.”

“응, 그래서 어떻게 됐어?”

“알겠다고 하고 갖다드렸지. 아저씨랑 랄프 아버지가 같
이 그 방패를 살펴봤어. 랄프 아버지가 방패 위쪽 끝에 장식

이 더 많았으면 좋겠다고 했어."

에스트릴트는 마음이 놓여 말했다.

"내 얘기는 하나도 안 했구나."

그러자 파리크가 잠시 대답이 없다가 이렇게 말했다.

"랄프 아버지가 대장간을 나가려다가, 매듭 머리를 배우
겠다는 여자애가 누구냐고 묻더라. 우리가 외치는 소리를 들
었다면서 말이야. 그래서 내가, 너라고, 가죽 세공사 딸이라
고 말했어. 그래도 남동생 때문에 배우는 거라고 말했어. 남
동생이 자기도 매듭 머리를 해 달라고 조르는데 네가 할 줄
몰라서 나한테 물었다고."

"랄프 아버지가 그 말을 믿었어?"

"믿은 것 같아. 더는 안 묻더라고."

에스트릴트는 입을 다물었다. 지금 선 곳에서 내려다보이
는 마을에는 초가지붕 꼭대기의 연기 구멍으로 음식을 만들
때 나는 연기가 여기저기 피어오르고 있었다. 낮의 일과가
끝나 가는 이 시간, 엄마는 아직 돌아오지 않은 에스트릴트
에게 화나 있을 게 뻔했다. 에스트릴트는 자기에게 화가 났
다. 그날 아침 파리크를 불러 세워 매듭 머리 이야기를 한 것
에도, 누가 들을까 걱정하지도 않고 크게 말해 버린 것에도.

아마 랄프 아버지가 그때 들은 대화를 랄프에게 전했을 테고, 랄프가 쫓아다니기라도 하듯 자꾸만 에스트릴트 앞에 나타나는 것은 에스트릴트의 진짜 계획을 파헤치려는 속셈일 것이다.

에스트릴트는 파리크에게서 돌아서서 집으로 달려갔다.

"내일 아침에 밭으로 와. 씨앗을 심어야 해."

카롤루스가 삶은 고기를 한 그릇 더 먹으려고 에스트릴트 옆으로 손을 뻗으며 쌍둥이 자매 힐다와 로테에게 말했다. 두 아이는 그냥 놀고 싶어서 입을 쑥 내밀었지만, 카롤루스 말처럼 이제 밭에 씨를 뿌릴 때가 왔고, 그 일을 돕는 것은 힐다와 로테의 몫이었다.

"우리도 노예가 있으면 좋겠어."

힐다가 입을 삐죽이며 말했다. 로테는 고개를 세게 끄덕이며 맞장구쳤다.

"맞아. 노예 좀 부리면 안 돼?"

그러나 아빠는 퉁명스럽게 말했다.

"뭣 하러 노예까지 밥을 먹여. 우린 노예 필요 없다."

"엄마 일을 도와줄 여자 노예가 있으면 어때요?"

"엄마는 에스트릴트가 돕잖니. 입 다물어라."

식사를 마친 아빠는 일어나 나갈 준비를 했다. 아빠는 저녁 식사를 끝내면 다른 남자 어른들과 맥주를 마시며 우스갯소리를 하고 허풍을 떨었다. 이미 전사가 되어 어른처럼 여겨지는 카롤루스와 알라르트도 그 자리를 함께했다.

작년 추수 때 얻은 씨앗들이 겨우내 잘 보관되어 있었다. 아침이면 쌍둥이 자매는 허리에 묶은 앞치마에 그 씨앗을 소복이 담고, 쟁기로 파 둔 고랑을 맨발로 걸어 다니며, 내년에 곡식으로 자랄 씨앗들을 흩뿌린다. 씨앗이 밭에서 싹을 틔우고 어린 풀로 자라면, 새싹을 먹어 버리려는 새들을 쫓느라 자매는 바쁠 테고, 여름이 오면 잡초 뽑기를 도와야 할 것이다.

가을이 와서 곡식을 거두면 가축의 겨울 먹이도 만들고, 가루를 내어 빵도 만들어 먹는다. 매일 앞치마에 곡식을 담아 맷돌에 올리는 것이 에스트릴트의 일이다. 무거운 위쪽 돌을 얹은 뒤 나무로 된 맷돌 손잡이를 돌리면 곡식은 껍질이 벗겨지고 빻아진다. 아직은 산딸기가 익으려면 더 기다려야 하는 봄이지만 한여름에는 산딸기를 으깨어 빵에 넣으면 선물처럼 달콤하다. 먹을 것을 준비하는 일이란 해도 해도 끝이 없다.

배 속의 아기가 마침내 태어난 뒤에는 엄마도 밭일을 도울 것이다. 아기를 포대기로 가슴에 묶어 종일 보살피면서, 동시에 쌍둥이 자매를 따라다니며 할 일을 일러 줄 것이다. 에스트릴트도 밭 근처에서 장난치고 돌아다니는 장난꾸러기 꼬마 동생들을 보살필 것이다.

마을 부자들이 지닌 큰 밭을 보면 일하는 노예가 눈에 많이 띄기는 한다. 에스트릴트의 외삼촌이 죽은 바로 그 전쟁 때도 마을에 새로운 노예들이 생겼다. 전사들이 마을로 귀환할 때, 절망한 얼굴을 한 채 한 줄로 묶여 오던 포로들을 에스트릴트도 보았다. 그들이 노예가 되어 고되게 일하고, 규칙을 어기면 매질을 당한다. 하지만 노예가 달아나는 일은 드물다. 달아나다가 붙잡히면 재판도 없이 교수형을 당한 뒤, 늪에 시신이 버려진다.

한 노예 여자아이는 아름답고 똑똑한 데다 잘 웃고 매력적인 성인으로 자랐고, 결국 마을의 젊은 남자와 결혼하여 노예 신분에서 벗어났다. 마을 사람들이 즐겨 해서, 에스트릴트도 여러 번 들은 이야기였다. 하지만 그 이야기의 주인공은 이제 나이가 들어 아름답지 않았다. 오랜 세월 반복된

임신과 출산, 고된 노동으로 몸도 두툼했다. 그 사람의 말투에는 노예가 되기 전 어린 시절을 함께한 부족의 억양이 희미하게 남아 있었다. 에스트릴트는 그 여자에게 어떤 기억이 남아 있을지 궁금했다. 그 여자에게도 딸을 잃고 비통해하는 어머니가 있었을까? 자기 부족 사람들한테로 돌아가기만을 간절히 바란 적은 없었을까? 결혼식에서 남편을 바라보면서는 이제 나도 자유롭게 존중받으며 살겠구나, 기대했는데 노예 시절과 다름없이 집안일을 해야 하는 걸 알고 좌절하진 않았을까?

아버지와 오빠들이 나가고 난 다음 막냇동생들은 잠자리에 눕고, 쌍둥이 자매는 냄비와 그릇을 닦아 선반에 올렸다. 에스트릴트는 엄마와 함께 커다란 솥을 쇠사슬로 들어 불에서 내린 뒤, 또다시 염소젖을 짜러 나갔다. 나갈 때, 입구 근처의 못에 걸어 둔 머리빗을 챙겼다. 염소 우리로 걸어가면서, 에스트릴트는 무늬가 조각된 그 나무 빗으로 엉킨 머리카락을 빗어 내리기 시작했다.

❀❀❀

"이제야, 드디어 하다니."

에스트릴트가 파리크에게 말했다. 오랜 기다림이 고스란히 드러나는 목소리였다.

둘은 랄프 아버지 일을 생각하며 이제는 늘 작은 소리로 이야기했다. 공터로 가면서도 어두운 풀숲 사이를 이리저리 살피고, 동물들의 재빠른 움직임에도 촉각을 곤두세웠다. 해도 뜨지 않은 그 시각에 누군가 지켜볼지도 모른다는 생각에 불안해했다.

파리크의 손에는 오늘 아무것도 없다. 방패도, 칼도 없다.

에스트릴트의 손에는 빗뿐이다.

어둠 속에서 파리크가 에스트릴트의 머리카락을 만져 보았다.

"괜찮네. 엉킨 부분이 없어."

"얼마나 빗었는지 몰라. 아플 정도였다니까."

파리크가 웃었다.

"그래서 나는 아예 안 빗잖아. 자, 나를 등지고 서 봐."

에스트릴트는 파리크의 말대로 돌아섰다.

"이제 가만있어."

에스트릴트는 가만있었고, 파리크는 허리까지 오는 에스

트릴트의 머리카락을 빗어 내린 뒤 빗을 돌려주었다.

"너도 매듭 머리 해 본 적 있어?"

에스트릴트의 물음에 파리크는 웃음을 내뱉고 대답했다.

"머리가 너무 엉켜서 할 수가 없어. 빗도 없고. 그리고 내가 그 머리를 한다면, 내 또래 전사 놈들이 날 가만두지 않을 거야. 머리만 해 보는 것이라도 그냥 넘어가지 않을걸. 옛날에 낄낄거리며 내 코피도 터뜨린 놈들이야. 내가 매듭 머리를 하면 낄낄거리는 게 아니라 화내면서 코피를 터뜨리겠지."

하지만 이내 파리크는 이렇게 털어놓았다.

"솔직히…… 밤에 몇 번 해 봤어. 아무도 없을 때 혼자. 그냥 그 머리를 하면 기분이 어떤가 싶어서. 그래서 할 줄 아는 것이기도 해."

파리크가 에스트릴트의 머리카락을 가다듬고, 뒤얽힌 부분을 손가락으로 갈라서 정리했다.

"머리카락을 양쪽 중 어디로 올려야 하는지 정해져 있어?"

파리크는 에스트릴트의 머리카락을 왼쪽으로 몽땅 모아 한 손으로 잡았다.

"아닐걸. 너도 봤겠지만 오른쪽이든 왼쪽이든 다 괜찮아."

"정수리에 올리는 경우도 있던데."

"그건 나이 많은 전사들 머리야. 옛날에는 키가 더 커 보이게 하려고 그렇게 했을걸. 그런데 요즘 애들은, 어린 전사들은 대체로 이쯤에다 올려, 귀 바로 위."

파리크가 에스트릴트의 머리에서 귀 윗부분을 짚었다.

"그러면 거기에다 올려 줘. 그런데 너 입안에 뭐 들었어? 말소리가 좀……."

왼손으로 에스트릴트의 머리카락을 쥔 채 파리크는 입에서 뭔가를 꺼내어 에스트릴트의 눈앞에 내밀어 보였다.

"오다가 길모퉁이 버드나무에서 꺾었어. 질기고 좋은데, 입에 물어 적셔야 쓸 수 있어. 이걸로 네 머리카락 끝을 한데 묶을 거야. 풀어지지 않게."

파리크가 든 것은 튼튼하면서도 잘 휘는 버드나무 햇가지였다.

"그럼 나도 하나 챙겨야겠다. 혼자 있을 때도 해 보게."

에스트릴트가 말했다. 파리크는 버드나무 햇가지를 다시 물고 양손을 써서 에스트릴트의 머리카락을 잡았다.

"지금은 뭐 하는 거야?"

"두 갈래로 나누고 있어. 집에서 너도 연습해. 처음에는 어렵겠지만 자꾸 하다 보면 손에 익을 거야."

파리크는 두 갈래로 굵게 나눈 머리카락을 잡은 채 에스트릴트에게서 조금 물러났고, 머리카락을 위로 아래로, 안으로 밖으로 꼬기 시작했다.

"땋는 건 너도 할 수 있어. 전에 보니까 너, 여동생들 머리카락을 빗고 땋아 주던데. 사이사이에 꽃송이를 끼워 장식까지 해서."

에스트릴트가 고개를 끄덕이자, 파리크가 말했다.

"가만있어."

"미안."

파리크는 쿡쿡 웃고 계속해서 손을 움직였고, 머리카락을 단단히 쥐고 끝까지 땋아 내려갔다.

"기름을 가져올 걸 그랬어. 너 혼자 연습할 땐 기름 좀 구해 쓸 수 있겠어? 발라 두면 머리카락이 쉽게 흩어지지 않거든."

"아빠가 가죽을 부드럽게 만들 때 동물 기름을 쓰는데, 그걸 써도 괜찮을까?"

"딱 좋지. 조금만 있어도 돼."

파리크는 손가락을 능숙하게 움직이면서 이어 말했다.

"머리카락을 돌돌 말기 전에 살짝 문질러 발라."

"참, 내가 가죽띠를 땋아서 아빠 허리띠를 만들어 드린 적이 있어. 그랬더니 아빠가 대장간에 죔쇠를 주문해서 그 허리띠에 다셨어."

"나도 봤어! 그 청동 죔쇠 멋있던데."

"그렇지? 아빠는 그 허리띠를 매일 하고 다녀."

이윽고 모두 한 가닥으로 엮인 머리카락을 쥐고, 파리크는 뒤로 조금 물러나서 말했다.

"됐다. 이제 묶을 차례야."

한 손으로는 머리카락을 그대로 쥐고, 다른 손으로는 입속에 있던 버드나무 가지를 빼내어 머리카락 끝을 단단히 묶었다.

"이제는 어떻게 해?"

"매듭을 만들 거야."

아직 날이 어두웠다. 에스트릴트는 몸과 고개를 틀어 자기 머리카락을 보려 했지만 소용없었다. 하지만 파리크 손의 움직임이 느껴졌다.

"고리 모양을 만들고…… 이렇게 끝을 잡고 그 고리 사이로 빼내고…… 팽팽하게 당길 거야."

땋은 머리를 나선 모양으로 감고, 그 사이로 머리카락 끝을 통과시켜 당기는 것이 느껴졌다.

파리크가 머리에서 손을 떼고 주문했다.

"머리 움직여 봐."

에스트릴트는 머리를 움직여 보았다. 그래도 매듭은 흐트러지지 않았다.

"잘됐다. 매듭을 다 만들고 나면 머리카락이 좀 풀리려 하는데, 그 과정에서 오히려 매듭이 더 꽉 묶여."

"만져 봐도 돼?"

"그럼."

에스트릴트가 손을 뻗어 복잡한 매듭 머리를 만져 보았다. 뱅글뱅글 꼬이고 감긴 머리카락이 왼쪽 귀 바로 위에 단단하게 고정되어 있었다. 에스트릴트는 어둠 속에서 미소를 지었다.

"이러고 그냥 집에 가고 싶다."

"안 돼! 그러다 누가……."

파리크는 놀라서 말렸지만, 에스트릴트는 웃음을 내뱉고 말했다.

"알아, 알아. 그냥 하는 소리지. 지금 풀어 줄래? 이번에는 직접 한번 해 볼게."

파리크는 머리를 풀어 주었다. 이제 에스트릴트는 느리고 어설프지만 스스로 매듭 머리 올리는 법을 익혔다. 늪 가장자리 나무숲의 꼭대기 위로 새벽하늘이 조금씩 밝아 왔다.

"이거 내가 가져도 돼요?"

에스트릴트가 엄마에게 물었다. 손에 든 것은 나무 베틀 가장자리의 잔가지에 걸려 있던 길고 알록달록한 천 조각이었다. 어느새 수술 장식도 달린 채 에스트릴트에게 걸쳐질 날만 기다리고 있는 어깨걸이를 만들다 생긴 자투리 천이었다.

"왜? 엄마가 아기 포대기 여미는 데 쓰려고 했는데."

그날 먹을 빵 반죽을 빚던 엄마가 조리대에서 고개를 들고 물었다.

"선물하려고요. 머리 묶으면 좋을 것 같아요. 그 애는 좋은 걸 가져 본 적이 한 번도 없어요."

"누구?"

"파리크요. 대장장이 아저씨 일 도와주는."

"아아, 파리크? 그 애 엄마가 죽었을 때가 생각나는구나.

사람들은 아기도 엄마와 같이 묻는 게 나을 거라고 했지만 그 애 아버지가 안 된다고 하고 이름도 지어 줘서 살렸지. 그런데 결국 얼마 후에 그 애 아버지도 죽고, 그 애를 키우려 하는 사람이 없어서……. 어휴, 녀석이 몸이 너무 허약해. 네가 왜 파리크한테 선물을 주는데?"

에스트릴트는 어깨를 으쓱하고 말했다.

"파리크는 선물을 받아 본 적이 없어서요. 파리크가 새 뼈대를 주기도 했고요. 시간이 나면 그 뼈대로 어깨걸이 여미는 장식을 만들려고요."

에스트릴트는 덧붙였다.

"파리크는 새에 관해서 모르는 게 없어요."

"그럼 드루이드가 되어야겠네."

엄마가 이렇게 말하고는 웃었다. 반죽을 뒤집어 힘센 두 손으로 빵 모양을 빚고 나서 에스트릴트에게 내밀었다.

"자, 화덕에 넣으면 돼. 그리고 줘도 돼, 그 천 조각. 파리크한테 줘."

엄마는 덧붙였다.

"주면서…… 그 애 엄마가 좋은 사람이었다고 말해 줘라."

달이 차오르고 촉촉한 공기는 점점 따뜻해졌다. 이따금 오는 비가 반가운 까닭은 밭에 새 씨앗을 심은 뒤였기 때문이다. 이제부터는 땅을 덮혀 줄 태양 볕, 그리고 갓 뻗어 실처럼 연약한 뿌리가 들이켤 물이 올해 농사를 좌우할 것이다.

봄이 오니 '곧 다가온다.' 하고 속삭이는 듯한 기운이 마을의 공기를 물들였다. 에스트릴트는 어둠 속에서 잠자리에 누운 채 머리 매듭 올리기를 연습하고 또 연습했다. 그 덕에 이제는 손이 제법 빨라져, 순서를 고민하지 않고도 머리카락을 가르고 꼬고 틀 수 있었다. 단, 매듭 머리를 한 채로 잠들지 않게 조심했다. 아무도 보아서는 안 되니까. 알아서는 안 되니까.

에스트릴트는 계획을 짜기 시작했다.

그날이 오면…… 마침내 다가오면…… 마을의 모든 사람이 일찍 일어날 것이다. 그러고는 몸을 씻을 것이다. 대부분은 여러 달 동안 목욕을 하지 않았다. 하지만 모든 것을 새롭게 시작하는 이때는, 신이 인간을 내려다보고 평가하고 미래를 결정하는 이때는 몸을 씻었다. 그리고 새 옷이 아니면 적어도 새로 빤 의복을 입었다. 에스트릴트의 아빠와 두 오빠는 일찍 집을 나설 것이다. 아빠는 신성한 숲에서 치러야 하는 의무가 있고, 오빠들도 특별한 전사 무리의 일원으로서 그 일을 함께할 것이다. 에스트릴트와 엄마는 음식을 준비해 아빠와 오빠들에게 차려 주고, 새벽에 나서는 그들을 배웅할 것이다.

에스트릴트는 언제나 그랬듯 염소에게 먹이를 주고 염소 젖을 짤 것이다. 가축의 젖을 짜는 일은 하루도 빠뜨릴 수 없다. 쌍둥이는 쌓아 둔 건초를 소와 말에게 먹일 것이다. 돼지 우리에 음식 찌꺼기를 갖다 놓으면 어미 돼지가 먹어 치우고, 새끼 돼지들은 어미 젖을 차지하려고 서로 밀치고 다툴 것이다.

그러고 나면 에스트릴트가 놓치지 말아야 하는 때가 온다. 롱하우스에서 기도가 시작되고 마을 사람들이 모두 신성한 숲으로 출발하는 때다. 엄마와 언니 누나가 손을 잡아 주어야 하는 꼬맹이 둘, 스스로 잘 걸어갈 쌍둥이 둘을 챙겨서 엄마와 에스트릴트도 마을 사람들의 행렬에 낄 것이다. 에스트릴트는 새 어깨걸이를 두르고 있을 테고, 엄마는 손수 만든 천의 정교한 무늬와 독특함, 아름다운 색을 알아보는 여자가 있는지 흘끔흘끔 주위를 살필 것이다.

그리하여 모두가 신성한 숲에 모일 것이다. 아버지는 이미 마을 남자들과 함께 그곳에 서 있을 것이다. 두 오빠, 카롤루스와 알라르트도 또래 전사들과 함께 서 있을 것이다. 엄마는 그곳이 아니라, 여자와 아이가 모인 쪽으로 갈 것이다. 언제나 여성들의 자리였던 숲의 가장자리로 말이다. 모두가 모이는 이곳에 쏙 빠진 이들이 있을 것이다. 바로 이날 새로이 전사로 임명될 남자아이들이다. 우거진 잡목 숲에 몸을 숨긴 채 초조함을 감추려 서로 허풍을 떨면서, 모습을 드러낼 차례를 기다리고 있을 테니 말이다.

마을 사람들이 모였을 때쯤엔 드루이드들의 행렬도 숲에 가까워져 기도 소리가 들릴 것이다. 그러면 마을 사람들도 한꺼번에 조용해지기 마련인데, 에스트릴트도 아주 어렸을 때 처음 겪고는 잊지 못했을 만큼, 가장 어린 아이들조차 분위기에 압도되어 입을 다무는 순간이다.

드루이드들이 신성한 숲에 거의 다다르고, 그 느린 행렬을 향해서 마을 사람들이 경건하게 돌아서면, 비로소 에스트릴트는 쌍둥이들에게 속삭일 것이다.

"브루노랑 베르타 좀 보고 있어. 내가 잊고 온 게 있어서."

가장 어린 동생들을 쌍둥이에게 맡긴 뒤, 에스트릴트는 사람들 사이를 빠져나올 것이다. 누구의 눈에도 띄지 않고.

빨리 움직여야 한다! 엄숙한 드루이드 행진을 바라보느라 그 누구도 에스트릴트를 볼 리 없을 때, 소리 없이 드루이드들과는 반대쪽으로 움직여 신성한 숲을 빠져나간 다음, 집으로 갈 것이다. 어깨걸이와 그 아래에 입은 간소한 옷을 급히 벗어 둘 다 개어 둘 것이다. (계획으로는 그렇다.) 그러고는 예전에 오빠가 입던 전사복을 미리 숨겨 둔 곳에서 꺼내어 입을 것이다. 그런 다음 능숙하게 머리카락을 갈라, 자신이 '전사'임을 세상에 보여 주는 수에비 매듭 머리로 틀어 올릴 것이다. 마지막으로 벽에 걸린 외삼촌의 방패를 조심스레 떼어 내고 외삼촌의 창도 들 것이다. 그렇게 전사의 옷과 무기로 당당하게 준비된 채, 신성한 숲으로 돌아갈 것이다. 숲 가장자리에 숨어 호명을 기다리고 있을 남자아이들 사이에 설 것이다.

마음속으로 이 모든 과정을 연습하고 또 연습해 보았다. 잠든 아빠가 몸을 뒤척이고 코를 골았다. 에스트릴트와 더 가까운 데서 자는 쌍둥이 중 하나는 꿈결에 짧은 소리를 내질렀다가 다시 깊은 잠에 빠졌다. 에스트릴트는 머리카락을 가다듬고 숨을 깊이 쉬면서, 자신의 인생이 바뀔 그날까지 남은 날을 헤아렸다. 에스트릴트의 인생뿐 아니라 마을 여자아이들 모두의 인생이 바뀔지도 모른다. 에스트릴트의 여동생들과 아직 태어나지 않은 여자아이들의 인생까지도.

엄마는 어떤 일에 관해서건 에스트릴트에게 "기대하지 마." 하고 말하곤 했다. 하지만 에스트릴트는 기대했다. 밤이면 밤마다 잠자리에 누운 채로 계획하고 기대했다. 새벽이면 새벽마다 초원으로 나가 배우고 연습했다. 마음속으로 오늘을 준비해 왔다. 오늘이 어떻게 흘러갈 것인지를 머릿속으로 끝없이 되풀이해 보고, 얼마나 가슴 벅찬 날일지를 상상했다. 그 흥분으로, 기대감으로, 에스트릴트는 잠들 수 없었다. 그렇게 기다리던 보름달의 날이 다가왔고, 에스트릴트는 준비가 되어 있었다.

하지만 갑자기 불안해졌다. 무언가가 어긋난 것 같았다.

혹시 일이 잘 안 풀릴 거라는 징조가 있었던가? 보름달 위로 구름이 지나가기는 했는데…… 구름은 원래 하늘에서 이리저리 지나가지 않나? 늪 근처에서 부엉이에게 붙잡힌 동물의 외마디 울음 같은 소리가 들렸는데…… 종종 들리는 소리기는 하지만 이번에는 좀 달랐던가? 불길한 데가 있었나? 그런가 하면 쌍둥이 중 로테는 어제 연못에서 집으로 달려오다가 날카로운 바위 위로 넘어졌다. 로테가 움직이지 못하게 여럿이 붙든 채로, 엄마가 로테의 상처를 꿰매고 천으로 감쌌다. 그런 사고는 늘 일어난다. 하지만 이번 사고는 조금 달랐던가? 나쁜 징조로 해석해야 하는 면이 있었나? 어제 아침 해가 뜰 때 긴 V 대형을 이루면서 하늘 높이, 그러나 울음소리는 들리는 높이로 날아가던 새들은 또 어땠지? 어떤 의미를 나타내었을까? 평소에도 새벽에는 새들이 그렇게 날지 않았나?

에스트릴트는 잘 기억나지 않았다. 매일 겪는 일들이 갑자기 기억나지 않는 것마저 이상했다. 이것 역시 그냥 넘기면 안 되는 나쁜 신호일까? 아닐 것이다. 에스트릴트는 잠 못 들도록 마음을 어지럽히는 불안을 애써 떨어냈다.

잘못된 것은 아무것도 없다고 스스로를 안심시켰다. 그저 너무 흥분해서, 기대되어서 그런 것이라고 말이다.

아빠와 오빠들은 예상대로 아주 이른 시간에 집을 나섰다. 에스트릴트는 남자 어른들과 아이들에게는 언제나 중요한 역할이 주어지는 현실을 다시금 실감했다. 엄마에게 말하면 아마 여자들이 하는 일도 중요하다고 대답할 것이다. 음식을 만들고, 아기를 낳고, 그 애들을 먹이고 씻기고, 옷을 만들고, 밭일을 돕는 그 모든 역할이 남자의 일과 똑같이 중요하다고. 하지만 똑같이 중요하게 여겨지지는 않는다. 여자들의 일을 응원하는 사람도, 싸움터로 나가는 여자들에게 노래를 불러 주는 사람도 없다. 승리의 월계관을 여자들의 목에 둘러 주는 사람도 없다. 그 어디에도 없고…….

에스트릴트의 생각이 툭 끊어진 것은 이제 막 잠자리에서 일어난 로테가 커다랗게 칭얼댔기 때문이다. 다리를 꿰맨 상처가 너무 아파서 가축에게 먹이를 주러 나가기가 힘들다고, 오늘 아침에는 힐다가 혼자 갔으면 좋겠다고, 그리고 걸을 때 짚을 수 있는 묵직한 지팡이가 필요하다고 했다.

하지만 엄마는 문을 가리키며 엄하게 말했다.

"어서 갔다 와. 너, 멀쩡하니까 할 일 해. 오늘 아침에는 모두 서둘러야 해."

엄마가 갑자기 어딘가 불편한 듯 앓는 소리를 내뱉으며 몸을 숙였고, 한 손으로 허리를 짚고는 한숨을 내쉬었다.

"애가 너무 일찍 태어나진 말아야 할 텐데."

두 꼬마 동생들의 입에 숟가락으로 죽을 떠먹이던 에스트릴트가 엄마를 올려다보았다.

"산통이 왔어요?"

초조하게 물은 에스트릴트는 제발 아니길, 하고 빌었다. 만일 아이가 나오기 시작해서 엄마가 집에 머무르게 된다면? 그래서 조산사도 새봄 의식에 가지 않고 집에 온다면? 아니, 조산사가 안 온다면 그때는 어쩌지? 에스트릴트가 하나하나 짜 둔 계획이 모두 허사가 될 것이다.

"아니야. 가끔 미리 통증이 오기도 하는데, 경고 같은 거야. 엄마는 괜찮아. 아기는 조금 더 있어야 나올 거야. 초승달이 뜰 때쯤."

엄마가 숨을 깊이 들이쉬고 허리를 폈다.

"소리가 들려오는구나!"

이렇게 말하고는 엄마가 고개를 기울였다.

어느덧 저 멀리 롱하우스에서부터 드루이드들의 목소리가 작게 퍼져 오는 것이 에스트릴트에게도 들렸다. 엄마는 서둘러서 솥을 들어 올리고 쇠사슬을 정리하고는 열린 문으로 쌍둥이들에게 빨리 들어오라고 소리쳤다. 그리고 개어 둔 어깨걸이를 선반에서 꺼내 에스트릴트에게 건넸다.

"시작됐어. 준비하자."

❀ ❀ ❀

"내가 깜박한 게 있어서."

에스트릴트가 쌍둥이 여동생들에게 말했다.

"자, 브루노 손은 네가 잡아. 언니는 집에 얼른 갔다 올
게."

에스트릴트는 꼬맹이 남동생의 손을 로테에게 쥐인 뒤,
뒤돌아서 군중 사이로 나아갔다.

엄마는 눈치채지 못했다. 다른 두 여자 어른 사이에 선 채
다가오는 드루이드들만 바라보고 있었다. 사제복을 입은 드
루이드들이 몸을 흔들거리며 봄의 기도를 읊조리기 시작했
다. 기도는 매우 길게 이어질 터였다. 모든 신, 특히 땅의 풍
요를 굽어살피는 네르투스에게 감사하는 기도다. 또한 비가
넉넉히 오되, 급류도 범람도 일으키지 않고 잔잔하게 내리기
를, 햇볕이 충분히 내리쬐기를, 부드러운 바람이 불기를, 벌
들이 건강하기를, 소와 염소에게서 젖을 많이 짤 수 있기를,
마을에 아무런 병이 돌지 않기를, 도구들의 날이 잘 벼려지
기를, 숲의 나무가 풍성하게 우거지기를, 마을의 우물이 맑
고 깊기를 비는 기도다.

제단 옆 기둥에 묶인 새끼 염소 두 마리가 어미를 찾아 울
어 댔다.

사람들이 눈을 감은 채 반쯤은 무아지경으로 드루이드의 기도에 귀 기울이는 동안 에스트릴트는 연신 "죄송합니다." 하고 속삭이며 그 사이를 비집고 나아갔다. 사람들은 방해를 받아 놀라고 짜증스러워하면서도 비켜 주었다. 한 여자는 에스트릴트가 걸친 어깨걸이가 눈에 들어왔는지, 감탄에 찬 미소를 지으며 얼른 만져 보았다.

뒤에서 신 투이스토와 그의 아들 만누스, 그리고 또 다른 신들의 이름을 외치는 드루이드의 목소리가 들렸다. 쉬지 않고 발길을 재촉한 에스트릴트는 어깨걸이부터 벗어 든 채 집 안에 들어섰다.

빨리, 빨리. 마음속으로 수없이 되풀이했듯 어깨걸이를 선반에 올려 두고 벗은 옷도 개고, 남자아이의 전사복을 입었다. 다음으로는 머리를 올릴 차례였다. 에스트릴트는 자기 잠자리 아래에 숨겨 둔 조그만 기름통을 꺼냈다. 완전히 능숙해진 손길로 긴 머리카락을 당기고 가다듬고 가르고 땋은 다음, 왼쪽 귀 바로 위에다 돌돌 말아 고정했다. 단단하게 마무리되었는지 머리를 흔들어 확인했다. 됐다, 매듭 머리는 딱 붙어 있었다! 이제 에스트릴트는 어엿한 전사의 모습이었다. 신성한 숲에서 이어지는 기도가 들려왔다.

새로운 자신으로서 숲으로 돌아갈 준비를 하며, 에스트릴트는 아빠가 세공하여 집으로 가져온 동물 가죽을 집어 들었다. 어깨에 걸치자 딱 맞았다. 깊은숨을 한 번 쉬고, 집 안 한쪽 추모의 벽에 걸린 외삼촌의 방패를 떼어 냈다. 외삼촌을 기억하며 잠시 조용히 서 있다가, 방패 옆에 세워 두었던 창도 집어 들었다. 그 순간 자신이 바뀌는 것을 느꼈다. 더는 마르고 미성숙한 여자아이가 아니다. 지금부터는 '첫 여자 전사, 에스트릴트'다. 앞으로도 언제까지나 그럴 것이다.

집을 나선 에스트릴트는 텅 빈 길을 서둘러 돌아갔다. 이번에는 엄마가 아이들을 데리고 서 있는 여자들 쪽으로도, 남자들 쪽으로도 가지 않았다. 숲 가장자리의 빽빽한 나무 사이, 곧 전사가 될 아이들이 기다리는 곳으로 갔다.

에스트릴트는 무성한 수풀을 창으로 젖히며 조용히 무리속으로 들어갔다. 에스트릴트가 끼어든 곳 주변의 남자아이들은 누군가 지각했다는 사실에 어이없어하고 짜증을 내며 자리를 내어 주었고, 지각한 장본인을 돌아보며 헷갈리는 표정을 지었다. 에스트릴트는 자신이 이들 사이에 버젓이 섞여 들 수 있는 모습인 게 뿌듯했다. 몸집이 작기는 했지만, 여기 서 있는 남자아이들도 다 체격이 큰 것은 아니었다. 에스트릴트는 대체로 새 방패를 든 이 아이들과 달리 파이고 얼룩진 방패를 들었지만, 외삼촌이 쓰던 무기를 손에 쥔 것이 벅차도록 자랑스러웠다. 랄프는 우쭐해하며 화려한 방패를 들고 서 있다가, 무리에 끼어드는 에스트릴트를 보았다. 처음에는 무심히 고개를 돌렸다가 이내 알아보는 눈빛으로 휙 뒤돌아보았다. 그러고는 에스트릴트에게 적의에 찬 눈빛을 쏘았다.

드루이드들이 한목소리로 기도를 이어 가던 중 날카로운 울음소리가 퍼졌다. 나무숲에 가려 보이지는 않았지만, 새끼양 한 마리가 희생된 모양이었다. 드루이드들이 중얼거리는 소리가 점점 커졌다. 갓 제물로 바친 양의 내장을 살펴보며 미래를 읽어 내는 소리였다. 겁에 질린 새끼양 울음소리에 이어 또 한 번 고통스러운 괴성이 들렸고, 드루이드들은 커다란 소리로 미래를 점쳤다. 마을 사람들 사이에서 기쁨에 찬 웅성거림이 퍼졌다. 신이 만족했으며, 과실이 가득 열리는 여름과 곡식을 넉넉히 거두는 가을을 기대해도 좋다고 했기 때문이다.

에스트릴트는 의식의 다음 차례를 곰곰이 떠올리며, 나뭇가지를 젖히고 몸을 내밀어 신성한 숲을 들여다보았다. 재판을 치를 순서였다. 이때 드루이드들은 옆으로 비켜서고, 마을 의회를 이루는 지도자들이 판결을 내린다. 범죄를 저질렀거나 저지른 것으로 추정되는 자들이 붙잡혀 있다가 불려 나온다. 탈출을 시도한 노예가 있다면 사형을 당하지만, 이번 봄에는 그런 노예가 없을 것이 분명했다. 새로 온 노예가 없고 전에 잡혀 온 자들은 이제 이곳에서 노예로 살아가는 삶을 받아들였다.

죄인에게 사형을 내리는 일은 드물었다. 몇 년 전 어느 봄, 남편이 있는 한 여자가 외도했다는 추궁을 받았다. 그 여자는 앞으로 끌려 나왔고, 몇몇 사람들은 그 여자가 죽어야 마땅하다고 외쳤다. 하지만 마을 의회는 여자의 남편에게 판결을 맡겼다. 남편이 나오더니 여자의 옷을 벗겼고, 날카로운 칼로 여자의 머리카락을 밀어 버렸다. 그리고 그 여자는 모두의 앞에서 매질을 당했다. 그때 에스트릴트는 엄마의 치맛자락을 꼭 붙들고 눈을 가렸다.

오늘 마을 의회가 판결해야 하는 사건들은 그보다 가벼웠다. 두 남자가 앞으로 나오더니 자기들 사이에 일어난 노름빚 다툼을 설명했다. 에스트릴트에게는 사소하게 들렸지만, 둘 다 화를 내며 상대가 잘못했다고 주장했다. 마을 의회는 양쪽 모두의 말을 주의 깊게 들은 다음, 그들끼리 모여 의논했다. 오래 걸리지 않았다. 에스트릴트가 있는 곳에서는 판결이 들리지 않았지만, 두 남자가 고개를 끄덕이며 듣고 군중 속 제자리로 돌아가는 모습이 보였다.

다음 차례로 다른 두 남자가 나오더니 땅을 놓고 벌어진 분쟁을 설명했다. 어느 밭의 경계선을 두고 내내 다투어 왔다고 했다. 마을 의회는 이번에도 양쪽의 말을 듣고 질문을 했다. 에스트릴트는 지루하기도 하고, 기다리기가 답답하기도 했다. 의식의 남은 순서를 생각해 보았다. 군중 너머 숲 가장자리에서 먹을 것과 마실 것을 잔뜩 차린 식탁들이 보였다. 음식을 즐기는 때는 맨 마지막 순서였다. 새로운 전사들을 기쁘게 임명하는 의식 다음 순서. 그때부터는 하루가 다 가도록 떠들썩하게 먹고 마시고 즐기는 시간이 된다. 종으로 장식한 은빛 봉을 든 시인도 나와서 옛 영웅 이야기와 비극이 실린 긴 노래들을 부른다. 활기찬 음악이 연주되면 사람들은 춤을 출 것이다. 축하하는 분위기에 물들 것이다. 그런 생각을 하자 에스트릴트는 설레기도 했지만, 한편으로는 걱정되기도 했다. 곧 모두의 주목을 끌 텐데, 주목받는 일에는 익숙하지 않기 때문이었다. 밤마다 긴 시간 동안 머릿속으로 오늘을 연습할 때, 그 부분도 빠짐없이 연습했다. 깜짝 놀란 마을 사람들이 행운을 빌어 주면 고개를 끄덕이고 미소를 지어야지. 특히 여자아이들과 여자 어른들이 격려의 말을 건네 주겠지. 오늘은 여자들의 삶이 변화하는 날이고, 에스트릴트는 그 변화를 이끌어 낸 사람으로서 큰 주목을 받을 수밖에 없다. 그래도 에스트릴트는 마음의 준비가 되어 있었다. 파리크도 말하지 않았나, 에스트릴트는 준비되어 있다고.

마을 의회 지도자들은 누가 울타리를 지었는지, 누구 소가 어떤 풀을 먹었는지, 이 다툼이 얼마나 오래됐는지 따위를 물으며 지루한 재판을 이어 갔다.

숲에 숨은 남자아이들도 재판이 끝나기만을 기다렸다. 에스트릴트가 어린 시절부터 알던 남자아이들이 제자리에서 서성거리고 방패를 고쳐 들었다. 어떤 아이들은 나직하게 바리타스를 연습했다. 나무 사이에 숨어 기다리는 모두가 어서 이 지긋지긋한 땅 다툼이 판결에 이르기를, 당장이라도 다음 차례인 마지막 의식이 시작되기를 바랐다. 에스트릴트는 지금까지 매해 봄마다 마을 사람들 사이에 섞여 그 의식을 바라보았다. 새로이 전사가 될, 긴장했으면서도 자부심 가득한 소년들이 창으로 땅을 치며 앞으로 나아가고, 들어 올린 방패 뒤로 바리타스를 외칠 것이다. 대형을 유지하면서 신성한 숲 한가운데에 놓인 제단 앞에 다다르면, 바리타스를 멈추고 마을 의회와 드루이드들을 마주 보고 설 것이다. 그다음 한 명씩 이름이 불려 앞으로 나설 테고, 드루이드들이 한 전사의 이름을 합창하면 마을 의회 지도자들이 한목소리로 "전사"라고 덧붙일 것이다. 마을 사람들이 환호할 것이다.

그때, 에스트릴트의 왼쪽에서 무언가 움직였다. 방패를 조금 내리고 확인하니, 랄프가 다른 남자아이 두 명을 제치고 에스트릴트 옆에 와 있었다. 화가 나 보였다.

"아직 안 늦었으니까, 여기서 빠져."

랄프가 에스트릴트에게 차갑게 속삭였다. 하지만 에스트릴트는 어깨를 펴고 랄프를 마주 보며 속삭여 답했다.

"난 안 빠져. 내년에는 더 많은 여자애들이 나올 거고."

갑자기 소년들이 웅성거렸다.

"준비해."

"곧 우리 차례야."

모두가 더 꼿꼿이 섰다. 신성한 숲에서는 두 남자가 판결을 듣고 있었다. 곧 재판이 끝난다는 뜻이었다. 드디어 기다리던 때가 오고 있었다.

"너 이런 짓 하면 안 돼."

랄프의 말에 에스트릴트가 답했다.

"할 거야."

"드루이드님들이랑 마을 의회 지도자님들이 다 알아. 네가 나올 걸 이미 알고 준비하고 있다고."

에스트릴트는 랄프에게 등을 돌리고 섰다.

마을 사람들의 외침이 높아졌다.

"새 전사들!"

남자아이들은, 그리고 함께 선 에스트릴트는 박자에 맞추어 창으로 땅을 치며 앞으로 나아가기 시작했다.

❀ ❀ ❀

에스트릴트는 십삼 년을 살아오면서 이처럼 짜릿한 기분은 느껴 본 적이 없었다. 마치 이 순간을 위해 모든 것이 완벽히 어우러진 것 같았다. 늘 좋아했던 따뜻한 봄 날씨도 고맙고, 하필 지금 날개를 펼쳐 푸른 하늘에 곡선을 그리는 부엉이 한 마리도 근사하고, 뭉툭한 창끝이 땅을 칠 때마다 발밑에서 느껴지는 흙의 떨림도 좋고, 숲에서 나와 우렁차게

행진하는 새 전사들을 향한 사람들의 감탄도 듣기 좋고, 새 전사들이 방패에 대고 내지르는 바리타스도 짜릿했다. 그리고 무엇보다도…….

…… 마침내 기다리던 시간이었다. 에스트릴트의 시간. 여동생들과 여자 친구들을 위한 시간. 모든 여자의 미래를 위한 시간.

마을 의회 지도자들 주위를 드루이드들이 반원 모양으로 둘러싼 공터 한가운데에 새 전사들은 금방 다다랐다. 그리고 방패를 약간 내리고 창을 꼿꼿이 세운 뒤 기다렸다.

어느샌가 고요해진 마을 사람들은 그저 지켜보았다. 여자들 자리는 공터 뒤쪽이기에 새 전사 행렬의 첫 줄 맨 끝에 선 에스트릴트에게는 엄마나 친구들이 보이지 않았다. 하지만 눈에 들어오는 사람이 있었다. 바로 남자들이 모인 곳 가장자리에 선 파리크였다. 에스트릴트를 바라보고 있었다. 에스트릴트가 아주 작게 고개를 끄덕이자, 파리크도 똑같이 응답했다. 파리크가 제멋대로 엉킨 머리카락을 자신이 선물한 천으로 뒤통수에 묶어 둔 모습을 보고 에스트릴트는 마음이 흐뭇해졌다.

"계집아이, 에스트릴트!"

뭐? 에스트릴트는 눈을 깜박였다. 정말로 최고 드루이드
가 지금 내 이름을 불렀나? 그것도 첫 번째로? 왜?

랄프가 팔꿈치로 거칠게 에스트릴트를 찔렀다. 에스트릴
트는 물음 가득한 얼굴로 랄프를 쳐다보았다. 이제 어떻게
해야 하지?

"앞으로 나가."

랄프가 에스트릴트에게만 들리게 말하더니 에스트릴트
의 등을 세게 밀었다. 넘어질 뻔하며 앞으로 나간 에스트릴
트는 그 자리에 혼자 섰다.

마을 사람들이 서로 수군거리는 목소리가 들리기 시작했
다. 새 전사 가운데 놀랍게도 여자아이가, 에스트릴트가 있
었다는 사실을 마을 사람들 대부분이 이제야 알아차리는 참
이었다. 웅성거림이 일었다. 어처구니없다는 듯한 차가운 웃
음소리도 들렸다. 충격을 받은 표정들도 보였다.

에스트릴트는 애써 더 꼿꼿이 서고, 방패를 높이 올렸다.
턱을 들었다. 한 발씩 땅을 단단히 디디고 섰다. 그리고 기다
렸다.

에스트릴트는 마을 의회 지도자들과 드루이드들이 이미
알고 있다는 랄프의 말이 사실임을 깨달았다. 그들은 에스트

릴트를 보고 놀란 표정이 아니었다.

그들은 에스트릴트를 사나운 눈초리로 바라보고 있었다.

에스트릴트는 갑자기 두려워졌다. 수없이 이어진 새벽 연습 때, 그토록 단단히 구부리고 세게 굴렀던 힘센 다리가 덜덜 떨리기 시작했다.

최고 드루이드가 조용히 하라는 손짓을 하자 웅성거림이 잦아들었다.

"모두가 알듯이 우리 부족에서는……."

드루이드는 에스트릴트가 아니라 모두에게 말했지만, 두 눈만은 자기 앞에 서서 떠는 에스트릴트를 향해 있었다.

"……여자는 숭배를 받는다. 결혼식을 통해 우리는 다시금 일깨운다, 여자는 한 남자의 반려자가 되어야 하는 존재임을, 그 남자의 집에서 함께 살면서 아이를 낳아야 하는 존재임을."

드루이드가 말을 멈추고 바라보자 군중들은 웅얼웅얼 맞장구쳤다.

에스트릴트는 적당한 말을 생각해 내고 싶었다. 자기가 왜 그곳에 있는지를 당당하게 선언할 말을. 하지만 두려움에 압도되자 생각하는 일조차 어려웠다.

"여자는 올바른 일만 행해야 하고……."

에스트릴트가 드루이드의 말을 끊고 무작정 반박했다.

"저는 올바른 일만 행합니다."

에스트릴트의 목소리는 커다랬다. 하지만 드루이드는 아랑곳없이 말을 이어 갔다.

"그러지 않으면 엄중한 벌을 받는다."

드루이드가 잠시 뜸을 들였다. 마을 사람들은 쥐 죽은 듯 조용해졌다.

"부정한 여자는 매질을 당한다."

매질? 에스트릴트는 무릎에 힘이 빠졌다. 하지만 왜?

"저는 부정한 여자가 아닙니다."

에스트릴트는 자기 말이 방패에 가로막혀 작고 힘없게 울린 것을 깨달았다. 그래서 무거운 철 방패를 조금 내리고 다시 말했다.

"저는 부정한 여자가 아닙니다!"

한결 힘 있는 소리였지만, 드루이드는 이번에도 에스트릴트의 말을 들은 체도 하지 않았다.

"저는 저에게 있는 권리를……."

한 지도자가 에스트릴트의 말을 끊으며 호통쳤다.

"권리? 여자에게 무슨 권리!"

마을 사람들이 "나 참, 권리라니.", "권리는 무슨……." 하고 수군거리는 소리가 이어졌다. 에스트릴트는 화가 났다.

"저는 권리가 있어요!" 하고 말하고 싶었지만, 두려움이 목소리를 집어삼켜 버렸다. 에스트릴트는 깊은숨을 쉬었다. 그리고 다시 목소리를 내 보았다.

"우리는…… 그러니까, 여자들은…… 권리가……."

마을 의회 지도자 한 명이 앞으로 나와 뒤돌아보자 최고 드루이드는 고개를 끄덕이는 것으로 응답했다. 지도자는 한 손으로 에스트릴트의 입을 꽉 막아 더는 말소리가 나오지 못하게 했다.

"조용!"

에스트릴트는 속으로 '나는 강해.' 하고 되뇌어 보았다.

하지만 목소리를 빼앗기니, 강하다는 기분도 남김없이 빼앗겨 버렸다. 대신 자신이 약하고, 아무런 희망도 없고, 혼자라는 기분이 들었다. 드루이드가 무언가 말했지만 에스트릴트에게는 윙윙 울리는 소리로만 들려 알아들을 수가 없었다. 땀에 젖은 손바닥에서 미끄러진 에스트릴트의 방패는 땅으로 떨어졌다. 방패는 아무런 쓸모 없이 그렇게 쓰러져 있었다.

잡음 같던 드루이드의 말에서 한 부분이 또렷이 들려왔다.

"계집아이, 에스트릴트는……."

자신의 이름이었다.

"……여자로서의 삶을 포기했다."

'아니야!'

에스트릴트는 외쳤다. 하지만 머릿속 외침일 뿐이었다.

'아니야, 나는 내 권리를…….'

"그리고 제 몸을 더럽혔다."

에스트릴트는 자기 입을 막은 마을 의회 지도자에게 드루이드가 고개를 끄덕이는 것을 보았다. 지도자는 에스트릴트의 입에서 손을 떼더니, 빠르고도 정확하게 에스트릴트가 입은 전사복 윗부분을 잡아서 끌어 내렸다. 그러자 옷은 찢어져, 이미 땅에 쓰러진 방패 옆에 떨어졌다. 그렇게 발가벗겨진 몸으로, 에스트릴트는 충격과 두려움 속에 서 있었다. 다른 드루이드 하나가 앞으로 나와, 그날 아침 에스트릴트가 자랑스럽게 올린 수에비 매듭 머리를 한 손으로 움켜쥐었다. 그러고는 다른 손에 쥔 날카로운 도구로 머리카락을 마구 끊어, 에스트릴트의 금발이 단숨에 발치에 떨어졌다. 정교하게 꼬아 둔 매듭은 조금도 풀어지지 않은 채로.

지켜보는 군중들은 고요하기만 했다.

"곧 의회가 형벌을 발표할 것이다."

에스트릴트를 붙들었던 드루이드와 마을 의회 지도자 모두 뒤로 물러서더니, 반원 모양 대열로 돌아가 의논했다. 에스트릴트는 앞도 잘 보이지 않고 당장이라도 기절할 것 같았다. 겨우 버티고 있을 때, 지도자 한 명이 앞으로 나와 군중에게 발표했다.

"이 계집아이는 늪에 빠뜨려 죽일 것이다."

갑자기 처절하게 괴로운 곡소리가 에스트릴트의 귀에 꽂혔다. 엄마였다.

"그 애 눈을 가려요!"

누군가가 높다랗게 외쳤다. 지독한 두려움을 느끼며 정신이 혼미한 와중에도 에스트릴트는 그 사람, 아니, 그 여자가 그렇게 외친 이유를 알 수 있었다. 에스트릴트를 조금이나마 편하게 만들어 주려는 것이었다. 이제 막 자신에게 저질러질 끔찍한 일을 두 눈으로 보지 않게 해 주려는 것이었다.

갑자기 사람들 중 누군가가 앞으로 나왔다. 그러더니 마을 의회 지도자에게 달려와 무언가를 건넸다.

"여기요."

파리크였다. 얽히고설킨 파리크의 머리카락이 느슨하고 둥 그렇게 풀려 있었다. 머리카락을 묶었던 천을 풀어, 에스트릴트의 눈을 가려 달라고 건넸기 때문이다. 그 천을 에스트릴트의 머리에 두르는 의회 지도자의 손길은 모질었다. 그래도 에스트릴트는 기꺼이 받아들였다. 꼼짝없이 늪으로 끌려갈 자신에게 마지막으로 주어진, 어둠이라는 선물이 고마웠으므로.

바라보던 마을 사람들은 충격에 휩싸여 아무 말이 없었다. 하지만 비틀거리는 발걸음으로 늪을 향해 끌려가는 에스트릴트의 귓가에 들려오는 소리가 있었다. 처음에는 그저 목소리를 낮추어 조심스럽게 나누는 말소리로만 들렸다. 그 소리는 여자 어른들, 그리고 여자아이들이 속삭이는 소리였다. 서로에게 질문하는 소리였다. 자기들의 미래를 묻는 소리였다. 그 작은 소리가 여자의 삶에 대한 희망처럼 들려왔고, 그 희망이 에스트릴트를 위로하듯 감싸 주었다.

3부

역사

털어놓건대, 에스트릴트 이야기의 마지막을 쓰는 일은 몹시 괴로웠다. 하지만 늪에서 시신이 발견되었을 때부터 이야기의 결말은 이미 분명하게 정해져 있었다.

그 결말에 이끌려 이야기를 쓰게 된 나는 옛 사료와 사진, 학자들의 가설에 내 상상을 얹어 서기 1세기 여자아이의 퍼즐을 흥미롭게 맞추어 보았다. 물론 퍼즐 맞추는 법은 누구나 안다. 최근 세계적인 전염병이 퍼지며 많은 사람들이 저녁 식탁에 직소 퍼즐을 잔뜩 벌여 놓기도 했다. 여러 개로 쪼개진 색깔들, 곳곳의 작은 실마리들을 보면서 우리는 어떤 조각들을 조합해야 옳을지 맞혀 본다. 이 글도 그렇게 썼다.

하지만 퍼즐 조각을 맞추며 상상하는 사이 에스트릴트는 나에게 진짜로 존재하는 아이가 되었다. 나는 에스트릴트의 야심에 감탄했고, 에스트릴트의 고집스러움에 웃음을 지었다. 그 나이 때의 나보다 훨씬 더 대단한 기개를 지닌 열세 살 여자아이였다. 에스트릴트가 죽음을 맞이해야 하는 순간이 왔을 때, 나는 고개를 돌렸다. 늪 속으로 함께 가지 않았다. 그것은 나에게 너무 슬픈 일이었다.

이렇게 지어낸 이야기가 늪지 미라 '빈데비 소녀'의 진짜 이야기일 가능성도 있을까? 나는 없으리라고 짐작한다. 역사 속 페미니즘과 강한 여성들의 이야기는 멋지지만(15세기의 잔 다르크는 성인이 되기까지 했다!), 서기 1세기의 철기시대라는 먼 과거의 여성들이 이토록이나 규칙을 거슬렀을 가능성은 몹시 낮다. 그 시대의 여성들에게는 확고하게 정해진 역할들이 있었다. 많은 아이를 낳고(그중 많은 아이는 죽음으로 떠나보내고), 살아남은 아이들을 잘 먹이고, 아이들의 옷과 음식을 만들고, 딸들에게 필요한 기술을 가르치는 일 따위였다. 사냥하여 고기를 얻고 부족의 적과 싸워 마을을 지키는 남편과 아들들에게 밥을 해 먹이는 일도 중요했다. 아마 가끔 불평도 했을 것이다. 하지만 당시의 시간적, 체력적,

사회적 여건 속에서는 아주 작은 저항조차도 하기 힘들었을 것이다. 그러니 에스트릴트의 이야기는 상상의 이야기다. 허구다. 그럼에도 나는 여러분이 에스트릴트를 응원했기를 바란다.

그런데 말이다, 이 이야기의 끝은 끝이 아니었다. 새롭고도 중요한 퍼즐 한 조각이 새로 나타났기 때문이다. 그것은 이 서사를 완전히 바꾸어 놓을 퍼즐 조각이었다.

'빈데비 소녀'로 널리 알려졌던 늪지 미라의 생전 삶이 어떠했을지 추측하는 연구는 21세기 초, 노스다코타 대학에서 인류학을 가르치던 헤더 질-로빈슨 교수가 보조금을 받아 독일의 토탄 늪 미라들을 연구하게 되면서 극적인 전환점을 맞았다. 그때는 빈데비 소녀 미라가 늪에서 발견된 지 오십 년 후로, 과학자들이 DNA 연구, 컴퓨터단층촬영, 3차원 이미징 같은 새로운 수단을 이용할 수 있는 시절이었다.

질-로빈슨 교수는 빈데비의 늪에서 발견된 미라가 사실 남자아이의 시신이라고 발표했다. 16세 정도며, 영양실조로 건강 상태가 나빴고, 자연적인 이유로 사망했으리라고 추정했다. 긴 금발 머리카락은 생전에 깎인 것이 아니라 미라로 발굴될 때 채탄기에 의해 손상되었으리라 추정했다. 눈을 가린 천은? 그저 머리카락을 뒤로 묶는 데 쓴 천이라는 데 의심의 여지가 없으며, 어쩌다가 눈 쪽으로 흘러내린 것뿐이라고 했다.

그렇다면 이야기는 완전히 달라진다.

나는 에스트릴트의 운명이 바뀌었다는 생각에 기뻤다.

하지만 이 남자아이의 이야기는?

이 아이가 살았을 철기시대 마을은 이미 지은 이야기 속과 다른 바가 없을 것이다. 만만치 않은 삶을 살아 나가기 위해 모두가 새벽부터 해 질 때까지 일하는 작은 마을일 것이다. 날씨, 고난, 질병, 수백 년간 이어져 온 다른 부족들과의 전쟁 등 수많은 어려움과 분투할 것이다. 같은 신들을 숭배하고 두려워하고 달랠 것이다. 그러니 나는 같은 마을로 돌아가 다른 이야기를 발견하기로 했다. 더 진짜에 가까운 이야기를 말이다. 그러기 위해, 몸이 허약한 십 대 남자아이를 상상으로 만들어 낼 차례였다.

그런데 잠깐! 그 남자아이를 이미 만들었음을 깨달았다. 그 아이는 내가 썼으며 이제 막 잊으려던 이야기 속에 이미 있었다. 나는 이야기를 다시 시작했다. 이번에는 부모를 여

의어 겨우 굶주림을 달래는, 자연을 사랑하고 가족을 갈망하는 남자아이, 파리크를 주인공으로 삼았다.

4부

파리크
이야기

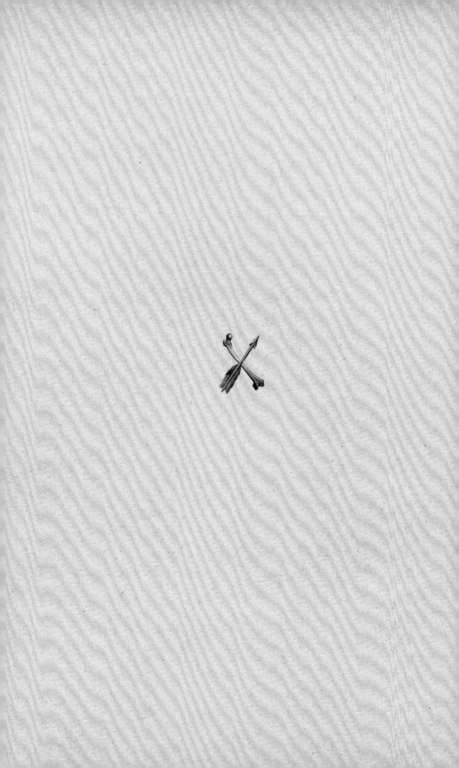

용감하고 좋은 일 하나

초원 가장자리에서 작은 동물의 뼈대를 찾아냈다. 조그만 뼈들이 여름 오후 햇빛을 받아 하얗게 반짝이고 있었다. 그 자리에 쪼그리고 앉아, 남아 있는 깃털과 풀잎을 조심스럽게 쓸어 내었다. 그러고는 뼈들이 서로 이어진 방식을 꼼꼼히 살펴보며 이 조그만 뼈대를 온전히 들어 올리는 가장 좋은 방법이 뭘까 생각했다. 너무나 부서지기 쉬우니 말이다.

"파리크?"

두 손으로 새의 뼈대 주변을 감싸고 있던 햇빛 쨍한 그 자리에 누군가의 긴 그림자가 드리웠다. 목소리를 듣자마자 놀라 움찔한 파리크는 새 뼈를 감추려고 몸을 숙였다. 마을의 남자애들은 파리크를 밀치고 그 작은 보물을 눈 깜짝할 새에 짓밟고, 막으려 하면 조롱을 쏟아 낼 터였다.

고개를 들어 보니, 다행스럽게도 에스트릴트라는 여자아이였다. 파리크는 가죽 세공사의 딸인 에스트릴트와 아는 사이였고, 이 아이가 지닌 호기심을 좋아했다.

"이것 봐."

파리크가 두 손을 치우면서 말했다. 보려고 몸을 숙인 에스트릴트의 긴 금발이 산들바람에 휘날렸다.

"어, 새잖아! 불쌍해! 어쩌다 이렇게 됐지? 부엉이가 죽였을까?"

"아니야. 부엉이는 새를 통째로 씹어서 새끼들한테 먹여. 아마 병에 걸렸던 것 같아. 그래서 조용한 풀밭으로 와서 누워 있다가 죽었을 거야."

에스트릴트는 잠시 조용히 있다가 이렇게 말했다.

"우리 외삼촌이 돌아가셔서 내가 많이 슬퍼할 때 엄마가 나한테 해 준 말이 있어."

"무슨 말인데?"

"사람은 죽기 전에 꼭 용감하고 좋은 일을 한 가지 해야 하는데, 우리 외삼촌은 그렇게 했대. 전쟁터에서 다른 전사를 도와줬거든. 용감하고 좋은 일을 했다면 충분히 준비된 채 죽은 거니까, 다른 사람들도 슬퍼하지 말아야 한대. 그 사람도, 그 사람이 한 일도 늘 기억될 테니까."

두 아이는 작은 새의 뼈대를 함께 내려다보았다.

"어쩌면 이 새는 자기 새끼들을 공격하려는 매한테 맞서 싸웠는지도 몰라. 그랬다면 용감하고 좋은 일을 한 거야."

에스트릴트는 파리크의 이야기에 살을 보태었다.

"그래, 그러다가 심하게 다치는 바람에 풀밭에서 죽으려고 이리로 왔는지도 모르지."

파리크가 고개를 끄덕였다.

"그래, 풀 속은 그늘이니까 더 시원했을 거고, 잠드는 것 같은 기분이었을 거야. 어쩌면 이 새는 여기서 눈을 감고 있다가, 하늘을 나는 좋은 꿈을 꿨을지도 몰라."

"그랬다면 좋겠다."

에스트릴트는 몸을 앞으로 숙여 조그만 뼈대를 더 가까이에서 보았다.

"그런데 여기에 있은 지 오래됐어. 가죽이랑 부드러운 부분들은 다 사라진 걸 보면."

에스트릴트는 파리크 곁에 무릎을 꿇고 물었다.

"뼈만 보고도 무슨 새였는지 알 수 있어?"

"되새야. 이 부리, 보이지?"

에스트릴트는 파리크가 가리키는 곳을 보았다.

"응."

"너도 이 초원에서 이 새가 우는 소리를 들은 적 있을걸."

잠깐 말이 없던 파리크는 목구멍을 울려서 새 울음소리
를 흉내 냈다. 명랑한 노래 같은 지저귐이 이어지다 끊기고
이어지다 끊기는 소리였다.

"응! 들어 본 적 있어!"

에스트릴트가 좋아하며 말했다.

"여기도 봐."

파리크가 새의 머리뼈 밑에서부터 사슬처럼 이어진 아주
작은 뼈들에 조심스럽게 손가락을 댔다.

"새가 몸단장할 때 고개를 푹 숙이는 거 알지? 날개 밑도
쪼고 말이야."

에스트릴트는 고개를 끄덕였다.

"너나 나는 그렇게 못해."

파리크는 마치 새가 된 양 한쪽 팔을 들고 겨드랑이 쪽으
로 머리를 숙였다. 하지만 머리가 닿을 리 없었다.

"그런데 이 아이는 할 수 있어. 이 목뼈 덕분이야. 인간은 목뼈가 이렇게 많지 않거든."

"이 아이?"

에스트릴트가 묻자, 파리크가 웃으며 답했다.

"뭐, 이 녀석이라고 하든지."

에스트릴트는 일어서서 바닥에 내려놓았던 천 가방을 들었다.

"가야겠다. 오빠들 도시락 갖다줘야 하거든. 얘가 왜 안 오나, 하면서 기다리고 있겠어."

에스트릴트는 한 손을 이마에 대어 그늘을 만들고는 먼 밭을 내다보았다. 에스트릴트의 오빠들이 일하는 모습이 파리크 눈에도 들어왔다. 파리크도 두 사람을 알았다. 알라르트는 파리크의 또래였고, 카롤루스는 조금 더 나이가 많았다. 둘 다 전사로 임명되어 환호를 받은 뒤라, 다음 전쟁이 일어나면 싸우러 나가고, 밭일은 에스트릴트를 포함한 딸들과 엄마, 그리고 가죽 세공사인 아빠가 도맡을 것이다. 지금은 전쟁이 없으니 아들들이 밭에 나와 있었다.

"너 이거 가질래?"

발걸음을 떼려는 에스트릴트에게 파리크가 물었다.

"아냐. 그걸 가져서 뭘 하겠……."

에스트릴트가 잠시 말을 멈추었다가, 바꾸어 말했다.

"응, 가질래."

"그래, 나중에 내가 갖다줄게."

"고마워."

에스트릴트는 싱긋 웃으며 외마디를 덧붙였다.

"쨱!"

파리크도 웃음과 함께 답했다.

"쨱쨱!"

이렇게 주고받는 게 재미있어서, 몇 년 동안이나 해 왔다. 둘만의 작은 암호, 농담 같은 것이다. 에스트릴트가 밭을 향해 멀어지는 동안에도 파리크는 쿡쿡 웃었다. 그러다 목에 두른 천을 풀어 땅에 펼치고, 네모난 그 천 위에 조그만 새의 뼈대를 옮기기 시작했다. 한없이 정성스러운 손길이었다. 모서리를 접어 작은 되새의 뼈를 덮으며, 파리크는 꼭 수의 같다고 생각했다.

살아온 열여섯 해 동안 수의를 많이 보았다. 자신을 낳다가 세상을 떠난 엄마의 수의를 본 기억은 없지만, 더 어린 시절 아빠의 시신이 무언가에 감싸이는 것을 본 기억은 어렴풋하게 남아 있다.

문득, 아버지는 죽기 전 용감하고 좋은 일 하나를 하셨을
까, 하는 생각이 들었다. 그리고 결론을 지었다. '하셨지. 아
내 목숨을 빼앗으며 태어난 몸 구부정한 아기에게 이름을 지
어 주고, 살게 해 주셨잖아.'

파리크는 천에 감싼 새를 조심스럽게 천 주머니에 넣었
다. 쪼그리고 앉아 있던 몸을 펴서 무릎을 땅에 대고 상체를
일으킨 뒤, 어색한 몸짓으로 일어섰다. 척추의 기형 탓에 절
뚝거리는 걸음으로 향하는 곳에는 파리크가 사는 헛간이 있
었다. 그리고 매일 명령에 따라 녹초가 되도록 노동해야 하
는 일터가 있었다.

❀❀❀

노예는 아니었다, 마을에 노예가 있기는 했지만 말이다.
도제도 아니었다, 도제 역시 마을에 몇몇 있었지만 말이다.
파리크는 그저 태어날 때 운이 나빴던 남자애였다. 어머니는
파리크를 낳다가 세상을 떠났고, 파리크 자신도 온전하지 못
한 몸으로 태어났다. 자기 아이들을 키우기에도 버거운 이웃

여자들이 먹일 입 하나만 더하는 셈으로 파리크를 거두었다. 그렇게 파리크를 살렸지만, 살리는 것까지만 했다. 파리크는 평생 누가 자신을 안아 주거나 장난스레 간지럽히거나 따뜻하게 달래 주는 것을 경험해 보지 못했다.

아버지는 파리크라는 이름을 주고 파리크가 먹을 젖과 빵의 값도 치러 주었지만, 파리크의 얼굴을 제대로 들여다본 적이 거의 없었다. 지위가 높은 전사로, 이따금 마을로 돌아올 때면 자신에게 아들이 있다는 것을 기억해 내듯 생계비를 놓고 떠났다. 그때마다 아들의 뒤틀린 척추를 보며, 말을 타거나 창을 겨누며 살아갈 수는 없는 아이라는 사실을 새삼 깨달았다.

그런 파리크의 아버지도 세상을 떠났다. 오래 진군하여 치른, 어느 큰 부족과의 무자비한 전쟁에서였다. 먼 산허리가 피에 물들었고, 마을 사람들은 돌아온 시신을 씻기고 장례 치러 땅에 묻었다. 아버지가 쓰던 방패와 창은 아들에게 주어지기 마련이지만, 사람들은 파리크가 그것을 받을 자격이 있다고 생각하지 않았다. 모두가 파리크를 그저 쓸모없으며, 떠돌이 개 한 마리보다도 중할 것 없는 아이라고 여겼다.

파리크 아버지의 무기들은 용광로 속으로 들어갔고, 그렇게 얻어진 철은 대장장이 몫이 되었다. 다만 그 대가로, 대장장이는 파리크를 대장간 옆 헛간에서 재워 주고, 대장간 보조일을 하여 제 한 몸 건사하게 해 주기로 약속했다. 그때 파리크는 다섯 살이었다.

파리크가 대장간에서 맡은 일은 고되고, 보람이 없었다. 그중 하나는 대장장이의 명령에 따라 가죽으로 된 풀무를 연거푸 눌러 불에 숨을 불어 넣는 일이었다. 그러면 불꽃이 후드득 튀어 오를 만큼 활활 타올라, 윗공기는 일렁이고 물체는 일그러졌다. 파리크의 머리카락과 털이 그슬릴 때도 있었고, 팔에는 불이 내뱉은 작은 불꽃으로 생긴 화상이 점점이 있었다. 무릎에는 마치 낙인을 찍은 것처럼 크고 도드라지는 화상이 있었는데, 성형 중이던 뜨겁디뜨거운 못이 모루에서 바닥으로 떨어진 줄도 모르고, 그 위에 무릎을 꿇어 생긴 것이었다.

풀무질하다 꾸벅꾸벅 졸 때도 있었는데, 그럴 때는 대장장이가 발로 차서 잠을 깨웠다.

파리크는 아버지의 이름을 잊었지만 자기 이름은 기억했다. 다만 아무도 그 이름으로 부르지 않았다. 대장장이는 파리크를 부를 때 이렇게 소리쳤다. "야, 이놈아!"

파리크는 늘 배가 고팠다.

겨울이 가장 힘든 철이었다. 잠을 자는 헛간에 문이 달려 있지 않아 살을 에는 찬바람이 안으로 고스란히 들어왔다. 파리크는 헛간의 짚 더미 위에서 잤고, 들쥐들이 들어와 헛간을 제집 삼으면 기꺼이 내버려두었다. 들쥐들의 털이 따뜻하다고 상상할 수 있으니까 말이다. 눈이 오면 반가웠는데, 헛간 벽에 생긴 틈을 눈을 발라 막을 수 있고, 입구에는 자기가 드나들 만큼만 남기고 눈으로 벽을 쌓을 수 있었기 때문이다. 그러면 스스로의 숨결에 헛간 안의 공기가 조금은 데워졌다. 어느 밤, 커다란 개가 온기를 찾아 떠돌다 파리크의 헛간으로 들어와서 잤다. 파리크는 자기 곁에 몸을 붙이고 누운 개를 쓰다듬고, 모아 둔 빵 찌꺼기를 먹였다. 개는 그 뒤로 거의 매일 밤 파리크의 헛간을 찾아왔다. 덕분에 파리크는 기운이 나고 따뜻했다. 개에게 이름도 지어 주었다. '친구'라는 이름이었다. 봄이 되어 녀석이 더는 찾아오지 않자, 파리크는 아마도 양치기나 장터 수레 끌기 같은 제 일을 하러 돌아갔겠거니 짐작했다.

하지만 봄이 와서 파리크는 기뻤다. 봄이라고 일이 덜 고된 것은 아니었지만, 자기가 맡은 일을 다 마치거나 대장장이가 밖에서 일해 짬이 나면, 초원과 그 너머의 숲을 향해 달렸다. 그곳에서 파리크는 숨을 쉴 수 있었다.

다른 아이들은 늘 파리크를 업신여겼고, 놀이에 끼지 못하게 따돌렸다. 파리크가 마을을 돌아다니면, 아이들은 걸음걸이를 따라 하고 조롱했다. 하지만 초원과 숲은 편안하게 파리크를 맞이해 주었다. 처음에는 자연에서 아무 소리도 나지 않는다고 생각했다. 그러나 서서히, 무수히 많은 목소리가 들려옴을 알게 됐다. 어미 곁을 뛰노는 갓 태어난 새끼 양의 가냘픈 음매 소리, 긴 풀들 사이 벌레들이 날갯짓하고 우는 소리, 둥지 속 새끼 새들이 밥 달라고 아우성치는 소리.

그중에서도 새들을 유난히 잘 알게 되었다. 소나무 숲 가장자리에 둥지를 튼 여새들이 쓰르르르 일정한 높이로 울면, 그건 볏이 텁수룩하고 얼굴은 분홍에 날개 끝은 빨강인 아비새, 그리고 그보다는 덜 알록달록한 어미 새가 배고픈 새끼들을 위해서 날벌레를 사냥한다는 뜻이었다.

해 질 녘에 커다랗게 부엉부엉 소리가 나면, 늪 가장자리에 사는 주황색 눈의 거대한 부엉이가 들판을 낮게 비행하다가, 눈에 띈 토끼의 목덜미를 잽싸게 발톱으로 낚아채리라는 뜻이었다. 그 부엉이는 이끼 덮인 바위의 노두에 둥지를 짓고 땅 가까이에 살았다. 때로는 작은 무리의 염소들 주위에 둘러쳐진 나무 울타리 위에 꼼짝하지 않고 앉아 있었는데, 소란스러운 염소들의 싸움에는 눈길도 주지 않고 들판과 연못을 감시하듯 바라보았다. 파리크에게는 아무것도 보이지 않았지만, 부엉이는 신기하게도 물고기나 족제비의 움직임을 포착하여 단숨에 사냥하고는 제 짝과 새끼들이 있는 둥지로 물고 갔다.

그러니 파리크는 친구들을 만난 셈이었다. 그중 일부는, 그러니까 토끼와 들쥐, 심지어 몇몇 새들도 파리크가 손바닥을 펼쳐 내밀면 다가왔다. 그리고 파리크가 주황색 눈 부엉이의 울음소리를 연습했다가 그 부엉이를 향해 울어 보았던 열두 살 어느 날, 놀랍게도 부엉이가 "부엉, 부엉" 하고 다정하게 답했다. 그날 오후, 파리크는 뜨거운 불과 힘든 풀무질과 철썩 때리는 손과 야단치는 목소리가 있는 대장간으로 돌아가면서도 웃음이 멈추지 않았다.

자신의 잠자리이기도 한 헛간으로 돌아간 파리크는 부서지기 쉬운 되새의 뼈대를 천 주머니에서 꺼내 선반에 올려

두었다. 에스트릴트에게 갖다줄 때까지 뼈대를 보관할 그 선반은 파리크가 직접 만들었으며, 지금까지 구한 다른 보물들도 함께 늘어서 있다.

가장 최근에 수집했고 크기도 가장 큰 보물은 태어나는 과정에서 죽은 송아지의 머리뼈다. 새 송아지를 얻지 못했다는 사실에 화가 난 농부는 죽은 송아지의 몸이 들판에서 썩어 가도록 내버려두었다. 파리크는 그것이 포식자 짐승들과 새, 곤충, 설치류 따위에게 살과 내장을 뜯어 먹히고 마침내 뼈대만 남는 과정을 모두 보았다. 시간이 날 때마다 가서 자세히 들여다보며 뼈가 서로 연결된 방식을 관찰하고 자신의 뼈 구조와 비교했다. 그 상태에서 더는 배울 것이 없다고 느꼈을 때, 파리크는 햇빛을 받아 색이 바랜 머리뼈를 조심스럽게 척추에서 떼었다. 그러고는 스스로 '배움의 선반'이라고 이름 붙인 헛간 선반으로 가져와 다른 동물들의 뼈 옆에 두었다.

파리크는 언제나 더 배우고 싶었다. 특히 자기 몸의 비밀들을 알고 싶었다. 송아지 뼈를 꼼꼼히 살핀 뒤, 눈을 감고 그 뼈들이 이어진 방식을 떠올려 본 다음, 자기 몸을 눌러 뼈대의 굴곡을 짚어 보았다. 송아지의 뼈와 다르면서도 어떤 면에서는 같은 그 뼈들이 연결된 방식을 머릿속에 그려 보면서 말이다. 밭에서 살아 있는 소를 만져 보기도 했다. 두툼한 옆구리가 숨 쉴 때마다 줄어들었다 늘어났다 하자, 자신의 가슴은 어떻게 움직이는지를 살폈다. 왜 동물과 사람은 공기를 몸속으로 빨아들여야 할까 궁금해졌다. 떨리는 제 콧구멍을 만져 보고, 따뜻하고 습한 제 숨의 냄새도 맡았다. 소의 귀를 만져 보면서 제 귀를 더듬었다. 소의 눈도 살피려는데, 소가 귀찮은 듯 머리로 파리크의 손을 밀어내며 물러났다.

파리크는 물고기를 잡으면, 몇 마리는 먹기 위해 챙겼지만 나머지는 아주 세심하게 잘라서 내장을 관찰했다. 다 관찰하고 나면 남은 물고기는 몇 마리 되지 않아 다시 연못으로 던지고, 끈적한 비늘을 손에서 닦아 내며 피부의 다양한 형태를 생각했다. 왜 자신의 피부는 동물의 가죽과 달리 옅은 색인지, 왜 겨울에 소름이 돋는지, 왜 털로 몸이 뒤덮이지 않았는지가 궁금했다. 한 번도 실제로 본 적은 없지만 곰이라는 동물을 알았고, 곰의 몸은 두툼하게 털로 덮여 있다고 들었다. 마을에도 곰의 털가죽으로 외투를 지어 입은 사람이 있었다.

이런 것들을 궁금해하다 보니 마을 사람들을 주의 깊게

보게 되었다. 이를테면 출산이 가까워질수록 여자의 배가 점점 더 불룩해지는 것은 어미 양과 다르지 않은데, 갓 태어난 건강한 양은 그날 일어서서 걷는 데 반해 사람 아기는 연약하고 아무것도 못 해서 일 년쯤은 안고 다니며 보살펴야 한다는 것이 신기했다. 사람 아기는 걸음을 떼기 시작해도 비틀비틀 겨우 다니니, 넘어지기라도 하면 얼른 일으켜 주어야 한다. 새끼 양은 껑충껑충 뛰어다니고 노는데 말이다. (양은 자기가 도축된다는 것을 알까? 파리크는 그것도 궁금했다.)

'배움의 선반'에 대해 아는 사람은 아무도 없다. 파리크에게는 친구가 없다. 한때 파리크를 괴롭히던 또래 남자아이들은 이제 파리크를 무시한다. 에스트릴트처럼 파리크에게 자연에 관한 사실들이나 신기한 이야기를 듣는 아이들은 파리크를 좋아하고 또 불쌍하게 생각한다. 하지만 파리크를 사랑하지는 않는다. 아무도 파리크를 사랑하지 않는다.

다만, 어쩌면, (이 생각을 하면 파리크 스스로도 웃기기는 했지만) 주황색 눈 부엉이는 파리크를 사랑하는 것도 같았다. 그 부엉이에게 가까이 다가간 적은 없고, 만져 보려고 손을 뻗은 적도 없다. 하지만 부엉이는 고개까지 돌려 가면서, 마치 말썽 피우는 아이를 감시하듯 곁눈질도 하면서, 늘 파리크를 지켜보았다. 파리크도 따라서 부엉이에게로 고개를 돌리고, 마치 눈싸움이라도 거는 것처럼 빤히 쳐다보았다. 아, 물론 둘은 대화도 했다. 부엉이가 처음으로 파리크에게 목구멍을 울려 대답한 것이 벌써 몇 년 전 일이었다. 이제 파리크는 거기에 익숙해져, '방금 정말 나한테⋯⋯?' 하며 의심하지 않는다. 부엉이는 정말로 파리크와 대화했다. 파리크는 알 수 있었다.

늦여름의 어느 이른 저녁, 파리크는 되새의 뼈대를 에스트릴트에게 갖다주었다. 연못 가장자리에서 발견한, 초록색과 파란색으로 은은히 빛나는 마른 뱀 가죽을 올려 둘 빈자리가 배움의 선반에 필요했다. 에스트릴트는 이미 되새 뼈에 대해 잊은 뒤였지만 파리크의 손에서 그 작은 보물을 보자마자 기쁨으로 눈이 반짝였다.

"와, 고마워! 이걸로 어깨걸이 여미는 장식을 만들래."

파리크가 돌아서려는데, 에스트릴트가 멈춰 세웠다.

"잠시만!"

집으로 들어갔다 나온 에스트릴트의 손에는 선물이 들려 있었다.

파리크는 선물을 받아 본 적이 없다. 하지만 이 순간 에스트릴트가 선물을 건넸다. 그것은 천으로 된 기다란 띠였다.

"우리 엄마 베틀에서 떼어 온 거야."

파리크는 부드러운 양털실로 짜인 띠를 손끝으로 만져 보고, 갈색과 노란색과 빨간색이 서로 교차하며 이루는 정교한 무늬를 경이롭게 바라보았다. 그러다 에스트릴트가 보는 앞에서, 갈기처럼 숱이 많고 엉킨 자신의 머리카락을 그 띠로 질끈 묶었다. 그러고는 고맙다는 뜻으로 어색하게 고개를 끄덕인 파리크에게, 에스트릴트는 싱긋 웃으며 늘 하던 것처럼 "쩩." 하고 답했다.

파리크도 웃으며 "쩩쩩!" 하고 답한 뒤, 다시 발걸음을 떼었다.

이미 해가 낮아져 낮이 저녁으로 바뀌어 가는 그 시간에 파리크는 초원과 연못을 지나고 숲을 벗어나 늪까지 걸었다. 사람들은 늪에 가지 않는다. 말려서 땔감으로 쓸 토탄을 캘 때를 빼면 말이다. 늪은 냄새가 좋지 않았고 진흙 속으로 발이 푹푹 빠졌다. 무는 벌레도 있었고, 밤이면 흐릿한 빛이 깜박거리곤 했다. 그 빛이 악령이고, 사람을 유혹해 더 깊은 늪으로 끌어 들인다고 믿는 사람들도 있었다. 파리크는 그렇게 믿지 않았다. 짙고 습한 공기 때문에 어찌어찌 생겨나는 아주 작은 번개 같은 것이라고 생각했다. 실제 번개도 비슷한 환경에서 생겨나니 말이다.

비록 냄새는 좋지 않아도, 파리크는 늪이 참으로 신기했다. 초원은 훤하게 트여 이런저런 것들이 날고, 뛰고, 노래하는 곳이라면, 늪은 비밀로 가득한 곳이었다. 습하고, 조용하고, 마치 속삭이는 것 같았다. 때로는 파리크에게 이리 오라 손짓하는 것도 같았다.

그런데 오늘은 놀랍게도 늪으로 향하는 사람이 파리크 혼자가 아니었다. 마을에서 본 적이 있는 노인이었다. 허리는 굽고 턱수염과 긴 머리카락은 가느다랗고 새하얬다. 그 정도의 나이까지 살아 있는 사람은 드물었기에 바로 알아볼 수 있었다. 노인이 인사의 뜻으로 싱긋 웃음을 건넸다. 입술 사이로 몇 개 남지 않은 치아가 보였다. 하지만 그의 두 눈은 예리하고 맑아 보였다.

"반가워."

"안녕하세요."

"산책하나? 같이 걸을 텐가?"

파리크는 사실 동행이 내키지 않았다. 혼자 걷고 싶었다. 하지만 인색하게 굴고 싶지 않아, 미소를 짓고 고개를 끄덕였다. 두 사람은 잠시 아무 말도 하지 않고 나란히 걸었다. 파리크는 뒤틀린 척추 때문에 늘 걸음이 느렸고, 노인은 가죽 신발이 자갈에 다 긁히도록 발을 끌면서 걸었다.

"나는 초저녁에 자주 나와. 좀 더 가면 큰 바위가 있는데, 거기에 앉아서 새들을 보려고."

"저도 그 바위 알아요. 거기에서는 연못도 보여요."

"들어 봐!"

두 사람은 길에 멈추어 섰다. 물새의 성마른 꽥꽥 소리가 파리크의 귀에도 들려왔다.

"하루가 저물었으니 쉬려는 거야. 좋아하는 잠자리를 두고 싸우고 있어."

노인이 갑자기 한 손을 들어 올렸다.

"쉿! 온다!"

귀에 익은 느리고 무거운 날갯짓 소리였다. 파리크가 고개를 드니 초원을 가로지르는 그림자가 먼저, 그다음으로 늪 가장자리 바위의 제집으로 낮게 날아드는 주황색 눈 부엉이의 모습이 보였다.

"저도 저 부엉이를 알아요!"

노인은 웃었다.

"나는 자네가 태어나기 전부터 저 새를 알았지. 아주 나이가 많은 친구야."

큰 바위에 이르자, 노인은 바위에 기대어 쉬었다.

"저는 새를 공부해요."

파리크가 고백했다.

"새한테서는 배울 게 참 많지."

"맞아요. 새의 목뼈 수는 사람의……."

"새는 제 새끼를 잘 돌봐. 저 부엉이도 제 짝과 같이 오랫동안 가족을 꾸려 왔어. 지금도 둥지에 새끼들이 있지. 그래서 먹이를 사냥하는 데 그렇게 많은 시간을 쓰는 거야."

"네, 저는 새들의……."

노인은 파리크의 말을 듣지 않았다.

"그렇지만 이제는 저 친구도 느려지고 있어. 살날의 끝에 가까워지는 것 같아. 나와 마찬가지로."

파리크는 놀랐다. 새들도 나이가 든다는 생각을 해 본 적이 없었다. 더는 누구도 말이 없었다. 두 사람은 한동안 조용히 바위에 몸을 기댄 채 그곳에 함께 머물렀고, 먼 나무숲의 꼭대기 너머로 해가 졌다.

여름이 지나갔다. 곡식이 한창 자라는 그 계절이 끝날 무렵, 파리크는 머리뼈를 떼고 몸만 남겨 둔 송아지 뼈대를 더는 보러 가지 않았다. 그것을 관찰하며 배울 것은 다 배운 것 같았다. 아직도 선반에 있는 머리뼈를 관찰하고, 그 뼈가 둘러싼 빈 공간에 원래는 무엇이 있었을지를 상상해 보곤 했지만 말이다.

때때로 파리크는 노인과 커다란 바위에서 만나, 연못과 들판에 밤이 내리는 모습을 함께 지켜보았다. 한여름에는 햇빛이 늦은 저녁까지 남아 있었지만, 이제는 하늘이 빨리 어두워졌다. 몇몇 물새는 이미 무리를 지어 어딘가로, 겨울을 따뜻하게 날 수 있는 곳으로 날아갔다. 숲속의 소나무는 여전히 진초록 잎이 빽빽했지만, 다른 나무들은 달라지기 시작했다. 잎이 노랗게 말랐다. 그 잎들은 바람이 훅 불면 바스락바스락 소리를 요란하게 내다가, 가지에서 떨어져 길 위를 휘돌았다. 파리크는 봄부터 여름까지 맨발로 다녔지만, 이제는 나뭇조각과 버려진 가죽으로 직접 만든 신을 신고 다녔다. 주황색 눈 부엉이는 여전히 파리크의 곁을 날아, 연못의 물고기나 키 큰 풀숲의 토끼 따위를 사냥했다. 돌아올 때 발톱에 저녁밥이 붙들려 있기는 마찬가지였지만, 이제 둥지에는 새끼들이 없었다.

부엉이는 움직임이 느려진 것 같고, 피곤한 것 같았다. 자기를 쳐다보는 인간을 대개는 무시했다. 그래도 가끔 울타리 기둥에서 쉴 때는 여전히 고개를 돌리고 파리크를 빤히 쳐다보곤 했다. 때로는 구슬픈 부엉 소리를 냈고, 파리크는 그에 소리 내어 대답했다.

"저 친구한테는 적이 없겠죠?"

어느 저녁 파리크가 백발의 친구에게 물었다. 주황색 눈 부엉이가 저녁밥을 사냥한 뒤, 두 사람 곁을 지나 집으로 날아갔을 때였다.

"덩치가 저렇게 크니까요."

노인은 웃었다.

"커 '보이지'. 그런데 저 깃털 속에 감춰진 몸은 실제로 꽤 작아. 얼마나 작은지 알면 놀랄걸."

파리크는 놀랍도록 작다는 그 부엉이의 뼈대가 '배움의 선반'에 놓인다면 어떨까, 하고 상상했다. 하지만 생각해 보면 그것은 부엉이의 생이 끝난 뒤라는 뜻이었다.

"저 부엉이는 어떻게 죽을까요?"

노인은 마르고 굽은 어깨를 으쓱했다.

"올겨울을 무사히 난다면, 새봄 어느 날에 사냥하러 나갔다가 힘이 빠져 돌아오지 못할 수도 있지. 오랜 세월 동안 새끼들을 먹여 살렸지만, 이제는 지쳤으니까 말이야. 풀이 자란 밭에 앉아 쉬다가 밭 가는 황소에게 밟힐 수도 있겠지. 그렇지만 내 생각에는 올겨울을 나지 못할 듯싶어. 아마도 곧 힘이 하나도 남지 않은 날이 올 테지. 그때는 저도 알 거야. 그래서 어느 편안한 장소를 찾아가서 날개를 접고 앉아 잠이 들 거야. 그리고 다시는 깨어나지 않겠지."

파리크는 그 말을 받아들였다. 맞는 것 같았다.

"나도 그럴 거고."

노인이 웃으며 덧붙이자 파리크가 크게 말했다.

"우리 모두 언젠가 그럴 거예요."

작은 목소리로 말하기를 그만두니 덜 두려운 것 같았다.

"우물에 줄 설 때 늘 밀치는 성질 급한 아주머니도요. 누구 말하는지 아시죠? 그 아주머니도 영원히 살지 못하긴 마찬가지라고요."

노인은 고개를 끄덕이며 껄껄 웃었다.

"알지, 알아. 그 랄프라는 건방진 남자애도 마찬가지야."

"맞아요, 랄프! 저는 그 애가 때려서 코피가 난 적도 있어요! 그리고…….”

파리크는 망설였다. 머릿속에 떠오른 생각이 너무 발칙한 것이었다. 하지만 그냥 말해 버렸다.

“드루이드! 그 사람들도 죽을 거예요!”

“황금 판을 목에 두르고 커다란 모자를 쓰고?”

이제 두 사람 다 소리 내어 웃었다. 그렇게 웃어 버리자 부엉이가 죽는다는 사실이, 자신들과 세상 모든 사람도 그러리라는 사실이 마음 편한 일, 먼일처럼 느껴졌다.

해가 나무들 뒤로 완전히 떨어지고, 두 사람은 불어오는 바람에 몸을 떨었다.

이른 가을 아침에 대장장이가 넘어졌다. 대장장이는 파리크를 탓했지만, 파리크 탓이 아니라는 것을 두 사람 다 알았다. 파리크는 대장장이의 발이 걸릴 만한 도구를 바닥에 남겨 두지 않았고, 기름을 흘려 놓지도 않았다. 알고 보니 간밤에 날씨가 갑자기 추워졌고, 이른 새벽 대장간의 딱딱한 흙 바닥에 얇은 서리가 내려앉은 탓이었다. 초가지붕의 처마 아래로 차가운 진눈깨비가 떨어지고 있었다. 이런 날씨를 알 턱 없이 잠을 깨어 오두막집에서 나오던 대장장이는 얼어 버린 줄 몰랐던 땅에 미끄러져 콰당 넘어지고, 화풀이할 대상을 찾아 소리를 지른 것이었다.

"이놈아!"

파리크는 헛간에서 이제 막 일어나, 오늘도 아침을 얻어먹을 수 있을까 생각하던 참이었다. 자빠져 끙끙거리는 대장장이에게로 서둘러 달려간 파리크는 바닥에 무릎을 대고 앉았다.

"이 멍청아! 내가 늘 바닥을 싹 쓸어 두라고 말했냐, 안 했냐! 너 때문에 내가 이 꼴이 됐다고!"

대장장이는 드러누운 채 자신의 오른쪽 다리를 손으로 잡아 굽히려다가, 아파서 소리를 지르며 다시 나뒹굴었다.

파리크는 개어 둔 가죽 앞치마를 가져다 대장장이의 머리 밑을 받쳤다. 대장장이는 계속 끙끙거렸고, 파리크는 그의 한쪽 다리가 이상한 각도로 뻗어 있음을 알아챘다. 무엇을 해야 할지 생각해 보았다. 밤마다 찾아와서 딱 붙어 눕던 개의 다리를 쓰다듬으면서 뼈 구조를 헤아리고 자기 뼈와 비교했던 것이 떠올랐다.

"제가 좀 도와드려도 될까요?"

파리크의 물음에 대장장이는 숨을 헐떡거리며 움직이려

애쓰다가 결국 욕설을 내뱉었다. 그리고 거친 소리로 말했다.

"너같이 쓸모없는 무지렁이가 나를 어떻게 도와?"

"헛간에 버드나무 껍질이 있거든요. 허리가 굉장히 아플 때 씹으면 좀 덜 아프더라고요."

"그러면 가져와."

파리크는 헛간에 챙겨 둔 버드나무 껍질을 대장장이에게 갖다주었다. 그 약은 파리크의 기형 척추에 매일같이 찾아오는 은근한 통증을 달래는 데 정말로 도움이 되었다. 다친 대장장이에게도 도움이 될지는 알 수 없었지만 몇 조각을 건네어 씹게 했다.

"제가 다리를 좀 만져 봐도 될까요?"

"네가 뭘 안다고."

"송아지 뼈대를 보면서 배웠어요. 개 몸도 꼼꼼하게 만져 봤고요. 물론 서로 다르게 생겼지만, 덕분에 몸의 부분 부분이 어떻게 이어져 있는지 배웠어요."

"빌어먹을 멍청한 놈. 사과주나 가져와."

"네, 그것도 도움이 될 거예요."

자리에서 일어난 파리크는 대장장이의 집으로 들어가 커다란 사과주 단지를 찾았다. 마을 남자들은 사과를 발효시킨 그 술을 마시면 기분이 좋아졌다. 때로는 기분이 좋아지는 정도가 아니라 고삐가 다 풀려서 가구를 부수고, 옷에 토하고, 코 골며 인사불성이 되는 일이 뒤따르기도 했다. 손잡이가 있는 큰 잔에 사과주를 담아 온 파리크는 대장장이의 어깨를 감싸 머리를 일으킨 다음 사과주를 먹여 주었다.

"이제 다리를 만져 봐도 돼요?"

"한 잔 더!"

파리크는 대장장이가 사과주를 벌컥벌컥 몇 모금 더 마시도록 도와주고, 다시 개어 둔 앞치마에 그의 머리를 누였다. 대장장이는 끙 소리를 내며 눈을 감고 버드나무 껍질 조각을 씹었다.

파리크는 대장장이의 오른쪽 다리를 조심스럽게 만져 내려갔다. 죽은 송아지의 뼈대를 관찰하며 파리크는 소의 다리가 커다란 뼈 세 개로 이루어졌음을 배웠다. 발에서부터 팔꿈치처럼 생긴 연결부까지 하나, 거기에서부터 무릎 부분까지 하나, 그리고 거기에서부터 올라가 몸통과 연결되는 좀 더 큰 뼈 하나. 반면 개의 다리는 달랐다. 두 개의 뼈가 가운데에서 만나는 게 사람과 좀 더 비슷했다. 다만 발목과 발이 매우 복잡했다. 파리크는 사람의 뼈대를 관찰할 수 있었더라면, 하는 생각이 들었다. 그나마 자신의 다리를 수없이 더듬어 본 바에 따르면 사람의 다리는 무릎 아래로 뼈 두 개가 함께 뻗어 있고 무릎 위로는 더 크고 긴 뼈 하나가 있는 것 같았다.

파리크는 오른쪽 무릎 위의 큰 뼈가 부러졌으리라 짐작하고 대장장이의 오른쪽 다리 윗부분을 만져 보았다. 만일 부러진 뼈를 어떻게든 원래 모양으로 맞출 수 있다 해도 그 상태를 어떻게 고정할지도 문제였다. 대장장이가 불을 헤칠 때 쓰는 철 부지깽이를 지지대로 쓸 수 있을 것 같았다. 부지깽이가 하나 더 있다면 다리를 단단한 지지대 두 개 사이에 두어 움직이지 못하게 고정할 수 있을 텐데 아쉬웠다. 지금은 하나뿐이니, 대신 벽에 많이 기대 세워진 두껍고 긴 나무판을 이용해야겠다고 생각했다. 나무판은 두 지지대 사이에 다리를 고정한 채로 단단히 묶을 천도 필요했다. 사과주를 가지러 대장장이의 오두막에 들어갔을 때, 지푸라기를 넣어 두툼하게 만든 요 위에 이불이 널브러져 있었다. 그 이불을 좀 찢어서 끈으로 사용하면 되겠다고 생각했다.

그렇게 다리와 지지대를 묶은 뒤에…….

이런, 아니다. 파리크는 더듬던 손을 멈추었다가 좀 더 주의 깊게 대장장이의 다리뼈를 짚어 보았다. 지금까지의 짐작은 맞지 않았다. 위쪽 다리뼈가 전혀 부러지지 않고 멀쩡했다. 그렇다면 도대체 어디를 다쳐서…….

대장장이가 앓는 소리를 내며 말했다.

"더 줘!"

파리크가 다시 몸을 일으켜 잔을 입에 대어 주자, 대장장이는 남은 사과주를 모두 마신 뒤 도로 누워 깊은숨을 쉬었다.

파리크는 빈 잔을 내려놓고 다시 대장장이의 다리에 손을 올렸다. 한껏 조심스럽게 살살, 다리 전체를 더듬었다. 이제 보니 문제가 있는 곳은 바로 맨 윗부분, 다리가 궁둥이와 만나는 곳이었다.

대장장이의 멀쩡한 왼쪽 다리를 두 손으로 더듬어 발목에서부터 무릎, 위쪽 끝까지 비교해 보니 오른쪽 다리와 다른 점이 뚜렷했다. 왼쪽 다리 맨 윗부분은 궁둥이뼈의 움푹한 곳에 쏙 들어가 있었다. 썩어 가던 송아지의 몸에서 본 것이 기억났다. 각각의 뼈가 질기면서도 촉촉하고, 늘어났다 줄어들었다 하는 성질이 있는 끈들로 서로 묶여 있었다. 몸의 각 부분과 그 끈들이 햇볕에 말라 가고 새들에게 쪼이는 모습을 매일 지켜보았다. 이제 파리크는 대장장이의 다리 속을 상상했다. 거칠거칠한 천 바지 아래 털이 수북하고 두툼한 피부, 피를 나르는 매끈한 핏줄, 그리고 그 사이에 자리할 다리뼈를 말이다. 건강한 왼쪽 다리뼈의 둥그런 끝부분은, 걷고 무릎 꿇고 설 때 다리를 돌릴 수 있게 하는 오목한 공간에 꼭 맞게 끼워져 있다. 반면 문제가 생긴 오른쪽 다리의 둥근 끝은 밖으로 나와 있다. 제자리에서 벗어나 불룩이 튀어나온 것이 손에 만져졌다.

두렵기는 했지만 이제 해야 할 일은 분명했다. 파리크는 땀으로 번들거리는 손바닥을 조끼에 닦았다.

"사과주를 좀 더 갖다드릴게요."

중얼거리듯 말한 파리크는 오두막으로 돌아가 커다란 잔을 다시 채웠다. 하지만 대장장이에게로 돌아온 파리크의 마음은 심란했다. 준비가 안 된 것 같았다. 두려웠다. 만약 잘못한다면, 그래서 대장장이의 다리를 더 크게 다치게 한다면 파리크는 재판을 받을 것이다. 사형을 당할지도 모른다.

하지만 대장장이는 지금 괴로워하고 있다. 그리고 자신이 낫게 할 수 있을 것 같다. 파리크는 대장장이의 머리를 받쳐 잔을 입에 대어 주며 말했다.

"제가 어디 좀 갔다 올 거라서, 잠시 혼자 계셔야 해요. 움직이지 마세요. 그러면 아프지 않을 거예요. 제가 올 때까지 꼼짝도 하지 말고 계세요."

"은혜도 모르는 놈."

대장장이가 중얼거리는 소리를 듣고 파리크는 말했다.

"아니에요. 제가 다리 고쳐 드릴 거예요. 그 전에 해야 할 일이 있어서 다녀오는 거예요. 제대로 고쳐 드리기 위해서요."

"제대로?"

"네."

파리크는 오두막집에서 가져온 천으로 대장장이의 턱수염에 묻은 사과주를 닦아 주었다.

"다시 올 거라고?"

대장장이가 훌쩍이며 물었다, 마치 아이처럼.

"네, 되도록 빨리 올게요."

"나, 추워."

파리크가 끝없이 풀무질을 해서 활활 피우는 불은 원래 밤에도 완전히 꺼지지는 않는다. 그 불씨를 아침마다 되살린다. 하지만 오늘 아침에는 검고 차갑게 식은 재뿐이었다. 밤 사이 바람에 실려 들어온 진눈깨비에 꺼져 버린 것이다. 불을 다시 피우려면 시간이 걸리는데, 지금은 그 시간을 더 중요한 일에 써야 할 것 같았다. 그래서 파리크는 차가운 재를 내버려두고, 오두막집에서 찾아온 더러운 천 담요를 대장장이의 몸에 덮어 주었다. 지붕 끝 너머로 진눈깨비가 더 빠르게 내려와 살얼음 덮인 땅을 타닥타닥 두드렸다. 파리크는 담요를 제 몸에 두르고 싶어졌다. 하지만 자신은 달리면 몸에 열이 날 텐데, 대장장이는 움직일 수가 없다는 것을 생각했다. 덜덜 떠는 대장장이의 어깨를 담요로 꼼꼼하게 감싸면서 파리크는 또 한 번 말했다.

"빨리 올게요."

파리크는 여전히 송아지의 뼈대가 놓여 있을 들판으로 절뚝거리며 달려갔다.

새벽 이 시간은 마을 사람들이 일어나서 집 밖으로 나와 일과를 시작하는 때였다. 하지만 오늘은 날씨 때문에 모두가 집 안에 머물러 있었다. 아무도 보이지 않았다. 연기 구멍에서 연기만 피어올랐다. 파리크가 지나쳐 달린 울타리 안에 따뜻한 콧김을 뿜어내며 고개를 숙인 말 두 마리가 서 있었다. 어디선가 개 짖는 소리가 들렸다. '친구'였으면, 녀석이 다가와서 함께 달려 주었으면, 하는 마음이 들었다. 하지만 파리크는 혼자였다. 그 누구도 없었다.

다행스럽게도 파리크는 송아지의 뼈대가 놓인 곳을 정확히 알았다. 여름 사이 길게 자란 풀에 둘러싸여 있었는데도 말이다. 파리크는 무릎을 꿇고 갈색으로 마른 풀을 젖혔다. 송아지의 뒷다리 뼈가 나오자, 파리크는 그 뼈를 끝까지 더듬어 나갔다. 소의 다리뼈가 사람의 다리뼈와 많이 다르기는 하지만, 위쪽 다리뼈의 둥근 끝이 궁둥이뼈의 움푹한 곳에 끼워져 있다는 점은 똑같았다. 파리크는 그 위쪽 다리뼈를 당겨 보았다. 아무리 당겨도 궁둥이뼈의 구멍에서 빠지지 않는 것 같았다. 하지만 좀 더 힘주어 당긴 어느 순간, 갑자기 그 뼈가 빠져서 튀어나왔다. 뼈들을 늘 제자리에 묶어 주는 신축성 있는 끈은 이제 뜯어 먹히고 썩어 없어졌지만, 그 끈이 있었다면 이렇게 제자리에서 빠져나온 뼈에도 딱 붙어 있었으리라는 것을 상상할 수 있었다. 파리크는 그러한 끈들로 탄탄하게 둘러싸여 있을 대장장이의 다리뼈를 머릿속으로 떠올리며, 자기가 해야 할 일을 손을 직접 움직여 연습해 보았다. 뼈를 '아래로', 그리고 '바깥으로' 당겨 방향을 맞춘 뒤 손을 놓아야 한다. 뼈가 제자리를 향해 당겨져 들어가도록.

파리크는 입김을 불고 겨드랑이에도 끼워 가며 손을 녹였다. 너무 추웠다. 깊은숨을 들이쉬자 얼음 같은 공기가 몸

속을 파고들었다. 맨 무릎을 언 땅에 대고 몸을 숙여, 송아지의 뼈를 잡고 연거푸 연습했다. 긴 다리뼈를 앞쪽과 바깥쪽으로 당기기, 그런 다음 각도를 맞춰 뼈가 제자리에 끼워지도록 하기. 대장장이에게 돌아가 적용할 수 있도록 알맞은 각도와 손의 위치, 힘의 정도를 손에 익히려고 애썼다.

그러고 보니 대장장이의 다리뼈를 제자리로 돌려놓기 위해서는 대단한 힘이 필요할 것 같았다. 들판의 송아지 뼈와 달리 대장장이 다리뼈의 질긴 끈은 온전하고 단단하게 붙어 있을 터였다. 그러나 파리크에게는 힘센 팔이 있었다. 척추 때문에 허리도 약하고 다리를 움직이기도 고생스러웠지만, 그 부족함을 만회하는 것이 팔이었다. 무거운 쇳덩이를 들고, 모루를 들어 옮기고, 토탄과 나무가 든 들통을 나르며 근육이 단단히 단련되었다.

후드득 떨어지는 진눈깨비에 젖은 몸을 떨면서 파리크는 마지막 깊은숨을 들이쉬고, 반드시 해내겠다는 마음으로 송아지의 뼈를 놓고 일어섰다. 대장장이의 다리를 고치기 위해 발걸음을 뗐다.

❀ ❀ ❀

아파서 터져 나온 비명을 들은 사람은 없었다. 누가 들었다 한들 아마 노예가 채찍질을 당하는 소리라고 생각했을 것이다. 윙윙거리는 바람 소리와 언 땅에 진눈깨비 떨어지는 소리가 나는 새벽이었고, 아무도 무슨 일인가 하고 나와 보지 않았다.

그리고 결과는 좋았다. 파리크의 방법이 통했다.

대장장이에게 돌아오자마자, 파리크는 조심스럽게 설명부터 했다. 대장장이는 파리크가 떠날 때 모습 그대로 눈을 감고 누워 있다가, 파리크가 돌아온 소리에 조금 꿈틀거렸다. 파리크는 몸을 깊이 숙여 대장장이의 어깨를 잡았다.

신음을 내면서 눈을 뜬 대장장이가 쉰 목소리로 말했다.

"돌아왔네."

"네. 어떻게 해야 하는지 정확하게 알아 왔어요."

파리크는 대장장이의 몸에서 담요를 걷어 옆에 두었다.

"하다니 뭘?"

"다리 윗부분은 긴 뼈로 되어 있어요. 그 뼈가 궁둥이뼈에 잘 끼워져 있어야 하는데, 지금 아저씨 다리는……."

"그 뼈가 빠졌지. 빠진 게 느껴져. 튀어나왔어."

"맞아요. 그걸 다시 제자리에 끼워 넣어야 해요."

대장장이는 파리크를 빤히 보았다.

"다리뼈에는 늘어나고 줄어드는 끈 같은 것이 붙어 있는데, 그 끈이 지금 엉뚱한 방향으로 당겨졌어요. 그러니까 제가 다리를 아래쪽으로 당긴 다음에 위치를 잘 잡으면, 그 끈이 당기는 힘에 뼈가 제자리로 돌아갈 거예요."

대장장이는 앓는 소리를 내더니 이렇게 말했다.

"드루이드님들을 모셔 와. 신께 도와 달라고 빌어 주실 거야."

파리크가 깊은숨을 쉬고 말했다.

"아마도 신은, 그리고 드루이드님들은 이 어려운 부분은 우리가 직접 하기를 바라실 거예요. 다 하고 나서 신께 감사드리면 돼요."

"고칠 수 있는 게 확실해?"

자신을 빤히 보는 대장장이에게 파리크는 거짓말했다.

"네."

"그럼 어디 해 봐. 그 전에 사과주 좀 더 갖다주고."

"그럴게요. 그런데 우선 제가 드리는 얘기를 잘 들어 주세요. 제가 팔 힘은 충분해요. 팔이 아주 튼튼하거든요. 그런데……"

"등이 그렇게 굽었으면서도 팔이 튼튼하기는 하지. 망치 휘두르는 걸 봐서 알아."

쇠붙이 도구의 모양을 만드는 데 사용하는 망치는 굵은 나무 손잡이와 쇠 머리로 되어 엄청나게 무거웠다. 파리크도 전에는 들지 못했지만, 이제는 망치를 머리 위로 힘껏 들어 올려 내려칠 수 있다. 대장장이는 파리크가 중요하지 않은 부품들을 만들어 보게 한 적이 있다. 모양 만드는 솜씨는 엉망이었지만, 그 무거운 망치를 휘두르는 방법만은 익혔다.

"네, 그래서 팔 힘은 충분해요. 그런데 자세를 제대로 잡아야 하거든요. 몸을 완전히 기댈 버팀대 같은 게 필요해요."

"사과주는?"

대장장이는 고개를 돌려 땅에 그대로 놓인 빈 잔을 보았다.

"금방 갖다드릴게요. 설명 먼저 들어 주세요. 제가 사과주를 많이 갖다드린 다음에 아저씨 오른쪽 다리를, 그러니까 무릎 윗부분을 꽉 잡을 때 제 발로 아저씨 다리 사이를 밟아야 하거⋯⋯."

대장장이가 눈을 반짝 떴다.

"안 돼."

"조심 또 조심할게요. 제 발로 여기를 디뎌야⋯⋯."

파리크는 몸을 숙여 대장장이의 가랑이에 조심스럽게 손을 얹었다. 대장장이는 윗몸을 들어 파리크의 손을 쳐 냈다. 그러고는 아파하며 다시 드러누웠다.

"잠깐이면 돼요. 제가 아저씨 다리를 세게 당기려면 힘을 지탱할 데가 필요해서 그래요."

"안 된다고!"

파리크는 한숨을 쉬고, 발뒤꿈치에 엉덩이를 대고 앉았다. 어쩔 수 없이 다른 방법을 생각해 내야 했다. 주위를 둘러보았다. 차가운 재뿐인 아궁이 옆에 아주 커다란 쇠모루가 보였다. 파리크는 대장장이가 시켜 쇠모루를 옮겨 본 적이 있었다. 들어 올릴 수 없을 만큼 무겁기 때문에 옮기는 방법은 그저 있는 힘을 다해 조금씩 밀어 옮기는 것뿐이었다. 지금도 그렇게 해 보기로 했다.

우선은 사과주를 더 가져와서 대장장이에게 몇 모금 마시게 했다. 그런 다음 쇠모루를 가까스로 조금 밀어 옮기고, 또 조금 밀어 옮겼다. 그러고는 또 대장장이에게 사과주를 먹였다. 그렇게 계속 왔다 갔다 했다. 사과주, 모루, 또 사과주, 또 모루 조금. 그리고 다시 사과주.

파리크는 주저앉아 숨을 몰아쉬었다. 쇠모루를 필요한 위치까지 다 옮겼다. 대장장이는 턱수염이 사과주에 흠뻑 젖은 채 코를 골고 있었다.

파리크는 버팀대가 될 모루에 한 발을 얹고 나서 대장장이의 허벅지를 붙잡았다. 하지만 다리를 당기려다 깨달았다. 이 방법은 옳지 않았다. 모루에 발을 대고 당겨 봤자 대장장이의 몸 전체가 당겨진다. 몸은 고정된 채 다리만 당겨져야 하는데 말이다. 이제 방법은 하나뿐이었다. 안 된다고 소리치던 대장장이의 말을 어기는 방법.

파리크는 자세를 잡았다. 용기를 끌어모았다. 조용히 왼쪽 무릎으로 바닥을 디디고, 다시 대장장이의 허벅지를 잡았다. 그리고 오른발을 대장장이의 가랑이에 얹었다. 대장장이는 조금씩 앓는 소리를 내면서 코를 골 뿐이었다. 파리크는 큰 숨을 두 번 쉬며 준비했다. 그리고 있는 힘을 다해 다리를 당겼다.

대장장이는 소리를 지르고 두 팔을 마구 휘저었다. 그래도 파리크는 꽉 잡은 다리를 놓지 않았고, 오히려 좀 더 세게 당겼다. 대장장이는 한 번 더 소리를 질렀다. 그러다 어느 순간, 마침내 다리뼈가 아래로, 그리고 옆으로 움직였고, 제자리에서 빠져나와 있던 부분이 딱 하고 제자리로 당겨져 들어

갔다.

두 사람 모두 긴 숨을 내쉬었다. 만족스러운 입김이 차가운 공기 속으로 퍼졌다. 두 사람의 이마는 땀으로 번들거렸다.

대장장이가 속삭였다.

"고맙다. 참 잘했어."

이 말은 대장장이가 파리크에게 처음으로 건넨 친절한 말이었지만, 파리크는 듣지 못했다. 파리크는 갑자기 기절할 것만 같았다. 눈앞의 세상이 흐릿해지더니 마치 꿈속인 듯 어디선가 주황색 눈 부엉이가 나타났다. 부엉이는 들판을 날아, 기분 좋게 풀밭을 거니는 송아지를 스쳐 지났다. 부엉이와 송아지 뒤로 보이는 것은 한밤의 늪에서 깜박이곤 하는 불빛이었다. 알록달록한 나비들도 이리저리 날아다녔다. 그러다 이 모든 것이 소용돌이쳐, 그저 어지럽게 섞인 색색의 덩어리가 되었다. 까만 어둠 속으로 고꾸라지며, 파리크는 세찬 바람이 윙윙 휘몰아치는 소리를 들었다.

정신을 차렸을 때는 혼자였다. 파리크는 언 땅 위, 쇠모루 옆에 누워 있었다. 지붕 끝 아래로 내리던 진눈깨비는 어느덧 눈송이로 바뀌어 있었고, 대장간 너머의 세상은 새하얬다. 파리크가 일어나 앉자 뻣뻣하게 얼어붙은 옷에서 부서지는 소리가 났다. 대장장이의 모습은 보이지 않았지만, 바닥에 깔렸던 톱밥과 쇠 부스러기가 쓸려 나간 흔적으로 보아, 스스로 몸을 이끌고 오두막집으로 들어간 모양이었다. 어지럽고 정신이 없어 일어서기가 두려웠던 파리크는, 기어서 문이 반쯤 열린 대장장이의 오두막집으로 들어갔다. 몸이 이상하다고 느꼈다. 마치 자신의 몸이 아닌 듯한 기분이었다.

문밖에서 그늘진 집 안을 들여다보니, 짚으로 채운 요 위에 대장장이가 누워 있었다. 요란하게 코 고는 소리와 물기 어린 콧바람 소리가 번갈아 나고, 이따금 가래 끓는 기침 소리도 났다. 대장장이가 친구들과 술을 마신 밤이면 들려오던 익숙한 소리였다. 그러니까, 그는 살아 있었다. 잠을 자고 있었다. 두 다리를 요 위에 편하게 뻗은 것을 보니, 오른 다리뼈가 무사히 궁둥이뼈에 맞물려 있는 것 같았다.

해가 없고 바깥에는 눈발 휘날리는 소리뿐이어서, 파리크는 지금이 하루 중 어느 때인지를 가늠할 수가 없었다. 대장장이의 오두막 가운데에 있는 단순한 탁자에 사과 하나와 뜯긴 곡물 빵 한 덩이가 있었다. 평소에 대장장이는 동틀 녘이면 빵 한 덩이를 파리크에게 주곤 했다. 파리크가 미끄러져 쓰러진 대장장이를 보았을 때도 바로 그 빵 한 덩이를 아침으로 얻어먹으러 오던 길이었다. 그러니 파리크는 오늘 아무 것도 먹지 않은 셈이었다. 하지만 배가 고프지 않았다. 그저 머리가 어지럽고 지독하게 피곤할 뿐이었다. 문을 잡고 겨우 몸을 일으켜 세운 파리크는 몸을 떨며 쇠모루가 있는 곳으로 돌아가, 떨어져 있는 담요를 집어 들었다. 어쩌면 도둑질이 라는 죄명으로 처벌받을 행동이었다. 하지만 지금은 그런 것 이 신경 쓰이지 않았다. 끔찍하게 추웠다. 얼어붙은 옷 위에 담요를 둘러 몸을 감싸고, 파리크는 눈 속을 휘청거리며 거 처인 헛간으로 갔다. 그리고 배움의 선반 아래 쌓인 짚 더미, 자신의 잠자리에 마침내 누웠다.

그 뒤로 몇 시간쯤 흘렀을까, 파리크가 이름 지은 개 '친 구'가 나타나, 헛간 입구에서 냄새를 맡다가 안으로 들어와, 의식이 혼미한 파리크에게 몸을 붙이고 누웠다.

대장장이는 여러 날에 걸쳐 천천히 몸을 회복했다. 언제 나 투덜투덜 불평을 입에 달고 사는 대장장이였다. 그래서 병문안을 온 손님들에게도 다리가 얼마나 아픈지, 작업에 차 질이 생겨 얼마나 불편한지, 먹는 것이 얼마나 부실한지, 지 푸라기 요에 흡혈 벌레가 얼마나 많은지를 귀가 따갑도록 늘

어놓았다. 하지만 파리크에 대해서는 한 마디도 불만스러운 말을 뱉지 않았다. 오히려 쓰러진 자신 앞에 파리크가 나타났던 일을, 파리크가 용기와 친절함과 지식으로 자신을 치료해 준 일을 이야기하며 경이로운 기색마저 띠었다.

"그 애는 공부하는 것을 중요하게 생각해요. 그래서 그때 다리 고치는 법을 알았던 거지. 뼈를 공부하니까."

"뼈를 어떻게 공부해요?"

가죽 세공사의 아내가 어리둥절한 듯 얼굴을 찌푸리며 물었다. 자기 집에서 곰국 한 솥을 가지고 온 참이었다. 아내가 없고 아직 걷지 못하는 대장장이에게 마을 사람들이 매일 찾아와 음식을 나누어 주었다.

"이 곰국은 사슴 뼈로 만들었어요. 양파랑 양념을 넣어서요. 그렇다고 내가 사슴 뼈를 공부하지는 않잖아요."

그때 문가에 서 있던 한 이웃이 말했다.

"그 녀석이 드루이드가 되고 싶나 보네. 드루이드님들도 뼈랑 내장을 들여다보고 미래를 읽잖아요."

그러자 가죽 세공사의 아내가 맞장구쳤다.

"아, 그러네. 제단에 뼈를 한 더미 뿌려서 뒤적이고 흩어보며 징조를 살피잖아요. 뼈를 보고 미래를 알아내는 거지.

진짜로 알아내는지는 모르겠지만."

대장장이가 답답하다는 듯 손사래를 치며 말했다.

"아이, 이건 그거랑 달라요."

하지만 대장장이는 더 자세히 설명하지 않았다. 사실 자기도 정확히 알지 못했다. 자기가 몇 년 동안이나 부려 먹은 절름발이 고아가 어떻게 아무도 몰래 또 하나의 삶을 살아왔는지, 들판과 늪과 숲에서 주운 이끼 낀 돌멩이, 죽은 다람쥐, 깃털, 딱정벌레, 뱀 허물, 동물 머리뼈 따위에서 어떻게 가치 있는 것을 배웠는지를 말이다. 그리고 그렇게 배운 것으로, 어떻게 내내 자신을 때리고 조롱하고 굶긴 사람을 치료해 줄 수가 있는지를 말이다.

대장장이는 지금 느끼는 감정의 이름을 알 수 없었지만, 그것은 사실 부끄러움이었다.

이웃이 주위를 둘러보며 물었다.

"그 애는 지금 어디 있어요? 게으른 놈, 불이나 살피고 있을 것이지."

대장장이가 웅얼거리듯 말했다.

"아니에요. 내가 쉬라고 했습니다. 애가 좀 아픕니다. 기침을 심하게 해요."

"우리 딸한테 꿀을 좀 들려 보낼게요. 기침에 좋으니까."

가죽 세공사의 아내가 말했다. 그러고는 이웃 여자와 함께 대장장이의 집을 나가며 올해의 양봉 이야기를 나누었다. 벌들이 꿀을 얼마나 만들었는지, 가을인데 벌써 이렇게 추워서야 다가오는 겨울에 벌집이 무사할지 따위에 관해서 말했다. 그러다 이웃 여자가 어깨 너머로 대장장이에게 외쳤다.

"나중에 빵을 좀 가져올게요."

혼자 오두막집에 남은 대장장이는 쇠 부지깽이로 땅을 짚고 일어서려 해 보았다. 아주 조심스럽게, 오른쪽 다리에 몸무게를 약간 실어 보았다. 통증이 줄어 있었다. 곧 걸을 수도 있을 것 같았다. 그때쯤이면 저 아이도 나아 있으리라, 둘이서 다시 예전과 같이 살아갈 수 있으리라 생각했다. 대장장이는 파리크를 다시 시장에 보내 빵과 사과주를 사 오게 할 생각이었다. 하지만 전보다 좀 더 친절하게 대할 것이다. 좀 더 다정하게 말할 것이다. 어쩌면 파리크에게 못 같은 작은 도구를 만드는 대장일을 가르쳐 주어도 좋겠다고 생각했다. 겨울이면 대장장이의 생계 수단이 되는 그 기술을 말이다.

방금 집으로 돌아간 두 요란한 여자들에게 아픈 애가 누

173

위 있는 헛간으로 음식을 좀 갖다주라고 부탁할걸, 하는 생각도 들었다. 대장장이 자신은 아직 걷지 못하니 헛간으로 갈 수 없었다. 파리크가 마지막으로 기침하며 비틀비틀 와서 수프를 조금 마시고 간 것이 벌써 이틀 전이었다. 감기가 지나치게 오래가고 있어 걱정스러웠다. 하지만 기다리는 일 말고는 자신이 할 수 있는 일이 없다고 생각했다.

헛간 짚 더미에 누운 파리크는 땀에 흠뻑 젖은 채 몸을 떨면서 숨을 가쁘게 몰아쉬고 있었다. 개는 그 뒤로도 다녀가곤 했다. 누구인지 모를 주인에게 가서 제 할 일을 하고는 이따금 다시 나타나 파리크 옆에서 잠을 잤다. 파리크는 개를 쓰다듬어 줄 힘조차 없었다. 파리크는 이제 개를 생각하지 않았다. 대장장이도 생각하지 않았다. 대장간에 올라가 마지막으로 얻어 온 굳은 빵을 뜯어 먹는 들쥐도 생각하지 않았다. 파리크는 아무 생각도 하지 않았다. 그저 가슴이 타는 듯이 아프다는 것, 그 아픔이 기침을 내뱉을 때마다 더 격하게 온몸으로 밀려든다는 것만 느꼈다.

한 아이가 (이름이 에스트릴트였던가?) 따뜻한 마실 것을 들고 찾아와서, 담요를 다시 덮어 주었다. 그 아이가 미소를 지으며 가리킨 것은 파리크의 머리에 아직 묶여 있는, 그 아이 엄마가 만들었다는 천이었다. 그 아이는 배움의 선반을 보고는 송아지 머리뼈에 감탄하고, 파리크가 준 되새 뼈 이야기도 했다. 그것으로 무언가를 만든다는데, 그게 무엇인지는 기억나지 않았다.

"쩩!"

그 아이가 이렇게 말하고는 파리크의 머리를 쓰다듬었다. 파리크는 무언가로 대답해야 한다고 생각했지만, 그럴 힘이 조금도 없었다.

그리고 노인, 그 노인도 왔다! 노인도 배움의 선반을 멋지다며 구경하고는, 따뜻한 봄이 오면 자기와 함께 이것저것 찾고 같이 배워 보자고 말했다. 노인도 여자아이도 날씨 이야기를 했다. 바깥의 추위, 얼음, 바람 따위에 관해 들려주었다.

하지만 놀랍게도 파리크는 춥다고 느끼지 않았다. 이따금 한기가 들어서 몸이 부들부들 떨리기는 했지만, 한차례 떨림이 가시고 나면 온몸이 후끈해졌다. 마치 해가 쨍쨍 내리쬐는 여름 오후가 된 것 같았다. 파리크는 담요를 걷고 조끼 앞섶을 풀어 헤쳤다. 어느 순간부터는 밖으로 나가고 싶었다. 바깥 공기를, 사람들이 말해 준 차가운 겨울바람을 맞으면 시원해질 것 같았다. 하지만 일어나자마자 거센 기침이 나와 몸이 굽었다. 숨을 고르기조차 어렵고 다리가 후들거려, 파리크는 그만 다시 짚 더미에 누워 잠에 빠졌다. 꿈속에 주황색 눈 부엉이가 나왔다.

밤중에 다시 잠을 깬 파리크는 꿈이 희미하게 기억났다. 마치 그 부엉이가 헛간 안에, 자신의 곁에 와 있는 것 같았다. 널따란 날개를 묵직하게 퍼덕이는 소리가 들리는 것도 같았다. 파리크는 잠들었다가 깨어나기를, 부엉이 꿈을 꾸다가 깨어나기를 되풀이했다. 생전 이렇게 더웠던 때가 또 없었다. 부엉이가 커다란 날개를 위아래로 움직여 부채질해 준다면 얼마나 좋을까 하는 생각이 들었다. 끝내는 또 한 번 일어서 보았다. 이번엔 힘없는 두 다리가 가까스로나마 버텨 주었다. 헛간 입구로 다가가 맨발을 차디찬 땅에 대어 보고, 대장간 문밖으로 나가 얼어붙은 길에 올라섰다. 달이 떠 있었다.

파리크는 비틀비틀, 잠든 마을의 고요한 집들을 지나쳐 걸었다. 그림자 하나가 어른거리다가 눈앞의 새하얀 땅을 스르르 가로질렀다. 날개가 있는 그림자였던가? 그랬던 것 같다.

부엉, 부엉.

"나야, 나, 파리크! 나 지금 갈게."

파리크는 앞으로 나아갔지만, 전과 같지 않았다. 초원과 커다란 바위가 좋아서, 대지에 둘러싸인 것이 좋아서, 나무의 소리와 새들의 지저귐이 좋아서, 절뚝거리는 다리로도 청년다운 활기로 달리던 파리크였다. 하지만 이제는 생명력이 남지 않았다. 문득 노인이 들려준 부엉이 이야기가 떠올랐다.

'그때는 저도 알 거야. 그래서 어느 편안한 장소를 찾아가서 날개를 접고 앉아 잠이 든 다음 깨어나지 않을 거야.'

파리크도 알았다. 파리크는 달빛이 물든 밤을 걸어 늪으로 향했다. 뒤틀리고 열이 끓는 몸을 그 흐린 물에 담그면, 마침내 시원해지리라. 주황색 눈 부엉이도 그곳에서 파리크와 함께할 것이다. 파리크와 부엉이의 머리 위로 신비로운 늪의 불빛이 환영의 춤을 출 것이다. 파리크와 부엉이는 잠드는 것이 아니다. 아니고말고! 함께 불빛들을 지나 스르르 공중으로 올라갈 테니까. 훨훨 날아오를 테니까.

5부

역사

오늘날 독일 북부에서는 눈동자가 주황빛이고 펼친 날개가 2미터쯤 되는 몹시 커다란 부엉이가 숲 주변 바위가 많은 곳에 둥지를 튼다. 수리부엉이라고 불린다.

2,000년 전에도 이 새가 있었을까? 확실히 알 방법은 없다. 하지만 나는 파리크의 이야기 속에 이 새가 있는 것으로 정했다.

내가 처음부터 확실하게 안 것은 빈데비에서 늪지 미라로 발견된 아이가(처음에는 에스트릴트가, 다음으로는 파리크가) 죽는다는 사실이었다. 그런데도 그 죽음이 다가왔을 때, 두 번 다, 나는 이루 말할 수 없이 슬펐다. 마음 한구석에서는 역사를 새로 써서 결말을 바꾸고 싶었다. (짜잔! 마을 사람들이 투표하여 지도자들과 드루이드들의 결정을 뒤집었고, 그리하여 에스트릴트는 빛나는 성인기를 맞이하는데…… 또는, 그래! 밤사이에 열이 내린 파리크는 이튿날 아침 한결 나아진 채로 잠을 깨는데…….) 하지만 물론 나는 결말을 바꾸지 않았다. 허구이지만, 역사를 바탕으로 하는 이야기를 지었으니까. 역사에서 어느 아이가 죽었으니까. 내가 빈데비 아이 미라의 삶을 이야기로 쓰기 시작한 이유 중 하나는 퍼즐을 맞추어 보고 싶어서였다. 어느 어린 삶이 그토록 갑자기, 그토록 으스스하고 외딴 장소에서 끝난 이유를 역사의 틀 안에서 짐작해 보고 싶었다.

물론 우리는 진짜 이유를 결코 알 수 없으니 가능한 이유를 짐작해 보아야 했다. 로마 역사가인 타키투스는 그 시대 그 지역 사람들이 '몸을 더럽히는' 죄를 지으면 늪에 빠뜨려져 죽임을 당한다는 기록을 남겼다. 그래서 가엾은 에스트릴트는 자신과 자매들, 다음 세대의 여자아이들이 더 나은 삶을 살기를 바랐을 뿐 아무런 죄를 짓지 않았는데도 그와 같은 죄명으로 그와 같은 운명을 맞았다.

파리크는 어떨까? 오늘날 사회였다면 파리크와 같은 아

이가 갈 곳이 있었을 것이고, 사람들은 파리크의 신체적 한계만 보는 것이 아니라 따뜻한 마음과 예리한 정신도 알아보았을 것이다. 하지만 이 이야기 속 시대는 달랐다. 시대를 잘못 만난 파리크의 운명은 처음부터 크게 바뀔 여지가 없었다. 그러나 얄궂게도 파리크는 그 시대에 통증과 염증 치료제로 널리 쓰인 버드나무 껍질을 씹은 덕분에 살아 나갈 수 있었다. 그리스 의사 히포크라테스는 파리크가 태어나기 300년쯤 전에 버드나무 껍질의 치료 효과를 기록했다. 하지만 그 성분이 아세틸살리실산이라는 것은 수 세기 후에야 밝혀졌다. 우리가 오늘날 아스피린으로 알고 있는 성분이다. 파리크는 불운하게도 페니실린이 발견되기 2,000년쯤 전에 폐렴에 걸렸다. 파리크가 살던 시대뿐 아니라 이후 수 세기 동안에도 폐렴으로 사람이 죽는 일은 매우 흔했다. 1905년에 태어나신 내 아버지의 형제도 어린 시절 폐렴으로 세상을 떠났다.

내가 만든 허구의 두 인물, 에스트릴트와 파리크는 실로 시대를 앞선, 자신이 사는 시대의 틀을 벗어나는 인물들이었다. 에스트릴트를 철기시대가 아닌 다른 시대, 예를 들어 1917년에 데려다 놓는다면 어떨까? 에스트릴트는 어쩌면 머리카락을 짧게 자르고 피켓을 들고 행진하지 않았을까? 여성의 투표권을 위해 백악관 앞에서 피켓을 들지는 않았을까? 어느 작가의 창작물이 아닌, 역사 속 수많은 실제 여성들이 그런 것을 위해 싸웠다. 그중에는 한때 노예였으나 1851년 오하이오 여성 인권 회의에서 다음과 같은 말을 한 소저너 트루스도 있었다. "나는 남자만큼의 근육이 있고, 남자만큼의 일을 합니다. 밭 갈고 수확하고 손질하고 쪼개고 벱니다. 남자라고 이보다 더 많은 일을 할 수 있습니까?" 그 목소리에 에스트릴트의 목소리가 겹쳐 들린다. 에스트릴트는 여자에게도 권리가 있다고 목소리를 냈다. 그러고는 침묵을 강요받았다. 하지만 오늘날, 에스트릴트가 하고 싶었던 말을 세계 곳곳의 여성들이 하고 있다.

그런가 하면 파리크는? 과학이 존재하기도 전에 자라나는 과학자였다. 이집트의 수학자이자 천문학자인 프톨레마이오스는 파리크와 그리 멀지 않은 시대인 기원전 2세기 사람이다. 하지만 코페르니쿠스, 갈릴레오, 다빈치 같은 인물들은 파리크의 시대보다 한참 늦은 15세기, 16세기가 되어서야 나타났다. 그럼에도 파리크처럼 강렬한 호기심과 학구열을 품은 젊은이들은 그 전부터 언제나 존재했을 것이다.

세상에 알려지지 않은 채로도 과학의 길을 터 왔을 것이다. 조개껍데기를 소중히 모아 두거나, 밭에 무릎을 꿇고 앉아서 지렁이의 움직임을 관찰한 적 있는 모든 아이는 (내 자녀와 손자들까지 포함하여) 역사 속 파리크 같은 이들이 일구어 둔 밑거름을 바탕으로 자라났다.

퍼즐을 맞추어 이야기를 쓰면서 나는 역사책에 기록된 사실들을 가져왔다. 에스트릴트가 자신의 긴 머리카락으로 만들었던 수에비 매듭 머리는 실제 게르만 전사들이 했던 머리로, 나는 그 사진들을 보았다. 갈색과 노란색과 빨간색의 실로 짠 직물 조각도 지금으로부터 2,000년도 넘는 옛날에 정말로 있었던 물건이다.

그리고 우리는 '빈데비 아이' 미라를 실제로 볼 수 있다. 그 아이는 눈을 감고 입을 벌린 채, 내 눈에는 마치 이해할 수 없는 일에 관해 '왜?'라고 묻는 것처럼 보이는 표정으로 독일의 슐레스비히홀슈타인 박물관에 자리하고 있다.

역사(history)라는 단어를 쪼개면 '사람의 이야기(his story)'가 된다는 사실이 흥미롭지 않은가? 역사란 정확히 사람, 그리고 그들의 이야기로 이루어진다. 사람들에게 무슨 일이 일어났는지, 어떤 이유로 그런 일이 일어났는지, 사람들은 그 일에 어떻게 반응했는지, 다른 사람들은 또 어떻게 반응했는지, 그날에 사람들은 무엇을 느꼈고 그 전날, 그 전날의 전날에는 어떻게 느꼈는지, 그것이 모두 역사다.

나의 이야기 속 늪 근처 마을에는 많은 철기시대 사람들이 있었다. 드루이드, 조산술을 배우던 구드룬, 남을 괴롭히던 랄프, 이름 모를 노인……. 그중 누구에게든 자신만의 이야기가 있을 것이다. 그 마을 사람뿐 아니라 그 옆 마을, 그 옆 부족, 그다음 세기, 그 옆 나라, 그 북쪽 또는 그 서쪽의 사람들까지. 얼마나 많은 이야기들인지! 수백…… 수천…… 수백만…… 수십억……. 그 이야기들이 서로 얽히고설키며 이리저리 연결되어, 자꾸만 뻗어 나가는 인간 존재의 거대한 총합이자 우리가 역사라 부르는 것이 된다.

당신의 이야기도 그 일부이다. 내 이야기도 마찬가지이고.

사람은 죽은 뒤에도 '누군가가 그를 기억하는 한' 계속해서 살아 있다는 말이 있다. 나는 '그리고 그의 이야기를 하는 한'이라는 한마디를 덧붙이고 싶다.

내가 이 이야기를 씀으로써 이루려 한 또 하나의 목표가 바로 그것이었다. 이야기를 함으로써 빈데비 아이를 살게 하는 것.

원즈워스 방패 중앙 장식

이 사진에서 청동 방패 중앙의 볼록한 장식을 볼 수 있다. 원형 방패에 달린 이 장식은 중앙으로 오는 공격을 받아 내고, 방패 손잡이를 다는 공간도 된다. 1849년경 원즈워스의 템스강에서 발견된 방패로, 기원전 2세기경인 철기시대에 만들어진 것으로 추정된다. 라텐문화라 알려진 켈트 양식으로 꾸며져 있는데, 두 마리 새가 날개를 펼친 모습이 복잡한 형태의 문양으로 표현되었다.

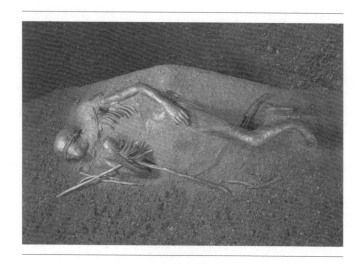

빈데비 아이

빈데비 아이라 불리는 이 늪지 미라는 독일에서 1952년에 채탄기로 토탄을 캐던 중 발견되었다. 늪지 미라란, 토탄 지대의 특징인 높은 산성의 물, 낮은 온도, 적은 산소 함량으로 인해 부패가 느려져 보존이 잘된 시신이다. 현재까지의 연구에 따르면, 빈데비 아이는 16세 남자아이였다고 추정된다. 또한 자연적인 이유로 사망했으리라 짐작되는데, 그 근거는 부상을 당한 흔적이 없다는 점이다. 머리 절반쯤의 머리카락이 다 깎인 것처럼 보이는 이유는 그 부분이 나머지 몸 전체보다 산소에 오래 노출되었거나, 발굴되는 과정에서 머리카락이 훼손되었기 때문이라고 추정된다.

오스테르비 남자

서기 70년에서 220년 사이에 참수당한 남성의 것이라 추정되는 머리로, 독일 슐레스비히홀슈타인주에서 발견되었다. 오스테르비 남자라고 불리는 이 머리는 토탄 늪 속에서 사슴 가죽 망토에 싸인 채 발견되었다. 늪지 미라 중에서도 드물게 머리카락이 잘 보존되어 있으며, 게르만 수에비족 남자들이 많이 했던 특징적 머리 모양인 수에비 매듭 머리를 한 모습이다. 머리카락이 붉은 갈색인 이유는 늪의 높은 산도 때문이며 생존 당시에는 어두운 금발과 백발이 섞여 있었으리라 추정된다. 나이 든 사람이었을 가능성을 보여 주는 부분이다. 죽음의 이유는 밝혀지지 않았지만, 목이 잘린 데다 두개골에 골절이 있는 것으로 보아, 사형을 당했으리라 추정된다.

수리부엉이

수리부엉이는 유럽과 아시아 전역의 3,000제곱킬로미터 정도에 달하는 지역에 서식하며, 올빼밋과 중에서 가장 널리 분포된 종이다. 가장 큰 몸을 지닌 부엉이 중 하나로, 귀 모양으로 솟은 털과 어두운색의 몸, 짙은 줄무늬, 주황색 눈이 특징이다. 숲 근처 바위나 높이 솟은 산이 많은 곳, 또는 습지에서 사는 경우가 많은데, 그런 곳에서 먹이를 사냥하기 때문이다. 몸이 크고 무거운 덕분에 사냥하는 먹잇감의 종류가 폭넓다. 주요한 사냥감은 설치류지만 새끼 토끼, 고슴도치, 붉은여우를 사냥한다는 기록도 있다. 부엉이 가운데 수명이 가장 긴 축에 속해, 야생에서 길게는 이십 년까지 산다.

옮긴이의 말

우리보다 훨씬 앞선 시대를 살았던 사람들을 생생하고 가까운 존재처럼 느끼게 되는 일이 생각보다 자주 있다. 그 사람들에 관한 기록이나 창작물을 곳곳에서 접하기 때문이다. 그렇지만 유난히 강렬했던 몇몇 기억들도 있다. 2,400년쯤 전에 세상을 떠난 늪지 미라 '톨룬드맨'의 사진을 처음 보았을 때도 그랬다. 나는 로이스 로리가 늪지 미라를 소재로 쓴 이 작품, 『최초의 아이』의 번역을 맡기 얼마 전, 우연히도 늪지 미라를 소재로 한 또 다른 영미 소설을 검토했고, 소설 속에서 묘사된 미라의 표정을 직접 보고 싶어서 사진을 검색했다. 미라이니까 조금 무서울 것도 같았는데, 안도감이 들

정도로 친근한 느낌이 놀라움처럼 다가왔다. 마음의 거리가 훅 가까워진 기분. 마땅히 '이만큼'은 먼 줄 알았던 존재가 나와 사소한 공감대를 찾을 수 있기라도 할 것처럼 나란해진 기분 속에서, 시공간이나 존재 사이의 거리에 대한 내 생각이 조금은 뒤흔들리며 새로워졌을 것이다.

로이스 로리도 이 책의 주인공인 늪지 미라의 사진을 보았을 때 그처럼 유난한 가까움을 느꼈을까? 그 부분을 정확히 알 수는 없지만, 그에게 떠오른 다양한 감정과 생각을 우리는 이 독특한 책에서 짐작하는 것이 아니라 또렷이 읽을 수 있다. 1977년 첫 책을 출간한 이후로 쉰 편에 가까운 책을 내어 온 저자가 이 소설에서 독특한 시도를 했다. 전체를 다섯 부분으로 구성하고, 그중 세 부분에 논픽션의 글을 담은 것이다. 얼마 전까지만 해도 잘 몰랐던 나 같은 사람들을 위해 늪지 미라에 대해 소개하고, 그중 이 작품의 주인공 늪지 미라가 발굴된 순간과 그 생을 추정하는 연구에 관해 안내한다. 그리고 무엇보다, 어린 나이에 생을 마감한 것으로 추정되는 이 미라의 삶을 소설로 재창조해 보기로 하는 과정에서 작가 스스로가 무엇을 느끼고 생각했는지, 무엇을 상상했는지, 무엇을 이루고 싶은 마음으로 이야기를 써 나갔는지를 진술하고 쉬운 언어로 이야기해 준다.

덕분에 나는 멀다는 말도 부족하게 먼 시공간의 거리를 뛰어넘어 지금 이곳과의 연결 고리를 짚고 공감할 수 있는 인물과 사건을 그려 내는 창작의 과정을 조금은 짐작할 수 있을 것 같았다. 조명을 비추는 무대 위의 공연만을 가리키는 것이 아니라 극을 만들기까지의 준비 과정과 대본까지 공개하는 일을 닮은 소통의 시도 같다. 독자와 작가의 관계를 어느 정도 새로이 바라보게 한다. 덜 경직된, 더 나란해지는 방향으로 말이다.

이 책을 옮기며 나는 옛날과 오늘 사이, 역사와 창작물 사이, 작가와 독자 사이에 관한 우리의 생각들을 비추는 조금 더 환하고 편안한 빛을 상상했다. 또한 '만들어진 이야기'임을 잊을 수 없게 하는 소설임에도, 그 만들어진 인물들의 마음속에 푹 빠지는 독자가 되었다. 한국어판을 읽을 독자들에게도 특별한 경험이 되었으면 좋겠다.

강나은

사진 출처

· 187쪽   Wandsworth Shield by Johnbod / 위키피디아(CC BY-SA 3.0)
· 188쪽   Windeby Child ⓒ Carlos Muñoz-Yagüe / Science Source
· 189쪽   Osterby Man by Bullenwächter / 위키피디아(CC BY-SA 3.0)
· 190쪽   Eurasian Eagle Owl by Petr Kratochvil / PublicDomainPictures.
net(CC0 Public Domain)

참고 문헌

· Aldhouse-Green, Miranda. Bog Bodies Uncovered. London: Thames & Hudson Ltd., 2015.
· Deem, James M. Bodies from the Bog. Boston: Houghton Mifflin Harcourt, 1998.
· Glob, P. V. The Bog People. New York: New York Review Books, 1965.
· Price, T. Douglas. Europe Before Rome. New York: Oxford University Press, 2013.
· Tacitus. Agricola Germania. Revised by J. B. Rives. Translated by Harold Mattingly. London: Penguin Books Ltd., 2009.

블루픽션 84

최초의 아이

1판 1쇄 펴냄   2024년 9월 30일
1판 3쇄 펴냄   2024년 11월 29일

지은이	로이스 로리	출판등록	1994. 3. 17. (제16-849호)
옮긴이	강나은	주소	06027 서울시 강남구 도산대로1길 62
펴낸이	박상희		강남출판문화센터 4층
편집주간	박지은	전화	02)515-2000
편집	김선영	팩스	02)515-2007
디자인	이지선	홈페이지	www.bir.co.kr
펴낸곳	㈜비룡소		

ISBN 978-89-491-2356-1 44800
ISBN 978-89-491-2053-9 (세트)

제품명 어린이용 반양장 도서   제조자명 ㈜비룡소   제조국명 대한민국   사용연령 3세 이상

| 블루픽션 시리즈

1. 스켈리그 데이비드 알몬드 글/ 김연수 옮김

안데르센 상, 엘리너 파전 문학상, 카네기 상, 휘트브레드 상, 마이클 L.프린츠 상,
어린이도서연구회 권장 도서, 책교실 권장 도서, 중앙독서교육 추천 도서

2. 운하의 소녀 티에리 르냉 글/ 조현실 옮김

소르시에르 상, 어린이도서연구회 권장 도서

5. 희망의 섬 78번지 우리 오를레브 글/ 유혜경 옮김

안데르센 상 수상 작가, 밀드레드 L. 배첼더 상, 머더카이 상, 아침햇살 선정 좋은 어린이 책,
중앙독서교육 추천 도서, 책교실 권장 도서, 책따세 추천 도서

6. 룩스 극장의 연인 자닌 테송 글/ 조현실 옮김

프랑스 '올해의 청소년 책', 소르시에르 상, 어린이도서연구회 권장 도서, 열린 어린이가 뽑은 좋은 책

7. 시인 X 엘리자베스 아체베도 글/ 황유원 옮김

카네기상, 내셔널 북 어워드, 마이클 L. 프린츠 상, 보스턴 글로브 혼 북 상, 골든 카이트 어워드,
아침독서 추천 도서

9. 이매지너리 프렌드 매튜 딕스 글/ 정회성 옮김

10. 초콜릿 전쟁 로버트 코마이어 글/ 안인희 옮김

미국 도서관 협회 선정 도서, 뉴욕타임스 선정 도서, 어린이도서연구회 권장 도서

11. 전갈의 아이 낸시 파머 글/ 백영미 옮김

뉴베리 상, 국제 도서 협회 선정 도서, 마이클 L. 프린츠 상, 책교실 권장 도서, 어린이도서연구회 권장 도서

13. 나의 산에서 진 C. 조지 글/ 김원구 옮김

뉴베리 상, 미국 도서관 협회 선정 도서, 어린이도서연구회 권장 도서,
열린 어린이가 뽑은 좋은 책, 책교실 권장 도서

15. 우리 형은 제시카 존 보인 글/ 정회성 옮김

줏대있는 어린이 추천 도서

18. 킬리만자로에서, 안녕 이옥수 글

학교도서관저널 추천 도서

20. 기억 전달자 로이스 로리 글/ 장은수 옮김

뉴베리 상, 보스턴 글로브 혼 북 명예상, 어린이도서연구회 권장 도서,
열린 어린이가 뽑은 좋은 책, 교보문고 추천 도서

22. 내 인생의 스프링캠프 정유정 글

세계청소년문학상, 문화관광부 교양 도서, 어린이도서연구회 권장 도서,
교보문고 추천 도서, 학도넷 추천 도서

23. 줄무늬 파자마를 입은 소년 존 보인 글/ 정회성 옮김

아일랜드 '오늘의 책', 행복한 아침독서 추천 도서, 교보문고 추천 도서

25. 파랑 채집가 로이스 로리 글/ 김옥수 옮김

어린이도서연구회 권장 도서, 전국학교도서관담당교사모임 추천 도서,

74. 파라나 이옥수 글

학교도서관저널 추천 도서, 사계절문학상 수상 작가, 책따세 추천 도서, 국립어린이청소년도서관
추천 도서, 세종도서 문학나눔 선정 도서, 아침독서 추천 도서

75. 그 여름, 트라이앵글 오채 글

마해송 문학상 수상 작가, 국립어린이청소년도서관 추천 도서, 아침독서 추천 도서

76. 밀레니얼 칠드런 장은선 글

제8회 블루픽션상 수상작, 학교도서관저널 추천 도서, 아침독서 추천 도서

77. 아르주만드 뷰티 살롱 이진 글

블루픽션상 수상작가, 한국출판문화진흥원 우수 콘텐츠 제작 지원 당선작

78. 굿바이 조선 김소연 글

80. 당첨되셨습니다 – SF 앤솔러지 길상효 오정연 전혜진 정재은 홍준영 곽유진 홍지운
이지은 이루카 이하루 글

81. 순례 주택 유은실 글

2021 중구민 한 책 선정, 2022 광주시 동구 올해의 책, 2022 미추홀구의 책,
2022 양주시 올해의 책, 2022 원 북 원 부산 올해의 책, 2022 원 북 원 포항 올해의 책,
2022 원주시 한 도시 한 책 읽기 선정 도서, 2022 익산시 올해의 책,
2022 전남도립도서관 올해의 책, 2022 전주시 올해의 책, 2022 평택시 올해의 책,
국립어린이청소년도서관 추천 도서, 문학나눔 우수문학 도서,
서울시 교육청 어린이도서관 추천 도서, 아침독서 추천 도서, 2022 대구 올해의 책,
2023 청주, 구미, 금산군 올해의 책, 2024 음성군, 수원시, 제주시 올해의 책

82. 녀석의 깃털 윤해연 글

학교도서관저널 추천 도서, 문학나눔 우수문학 도서

83. 모두의 연수 김려령 글

2023년 올해의 청소년 교양 도서, 문학나눔 우수문학 도서, 학교도서관저널 추천 도서,
아침독서 추천 도서, 어린이도서연구회 추천 도서

84. 최초의 아이 로이스 로리 글/ 강나은 옮김

뉴베리 상, 보스턴 글로브 혼 북 명예상 수상 작가

85. 남극 펭귄 생포 작전 허관 글

⊙ 계속 출간됩니다.